恋カフェ

S a n a e & T o r u

三季貴夜

Takaya Miki

EB

エタニティ文庫

目次

はじめてのコーヒー　5
二人でカフェ　163
君に珈琲《コーヒー》を　side青山透　275
書き下ろし番外編　恋カフェと呼ばれて　293

はじめてのコーヒー

プロローグ

『今日の山羊座《やぎ》のラッキーカラーは緑。ラッキーアイテムはボールペン。何か失敗しても笑顔を忘れないで。いいことがあるかもしれません。気分転換に音楽を聴くと吉』

「早苗《さなえ》っ、早く降りていらっしゃい。また遅刻ぎりぎりになるわよ」

「はーい。今行きます」

自分の部屋でテレビの占いコーナーをチェックしていた村野《むらの》早苗は、階下から母親に呼ばれて焦《あせ》った。

慌てて緑のインクのボールペンを探し出し、バタバタと下へ降りる。

「なぁに？　ひょっとして、また占いを見てたの？」

食卓についたとたん母に声をかけられ、少しばつが悪い。とっくに朝食を終えてお茶を飲んでいた父からも呆《あき》れたような視線を受けてしまい、なおさら居たたまれない気分になった。

「いいじゃない。好きなんだもん」

「でも、学生じゃあるまいし……いつまでもそんな子供っぽいものに夢中になって。あなたもう社会人なのよ？」

「わかってるわよ。でも……」

痛いところをつかれ、早苗は口ごもる。

新卒で今の会社に入社してそろそろ半年になるが、なかなか学生気分が抜けない。朝食を母に作ってもらったり、部屋の掃除をしてもらったりと、ついつい親に甘えてしまうし、どんなに忙しい時でも占いのチェックはやめられない。

「占いくらい、いいじゃないか。誰に迷惑をかけるでもなし……」

「そうだよね。お父さん」

父親がフォローしてくれ、早苗は勢い込む。

「だいたい私がちょっと無理かもっていう大学に受かったのだって、占いのとおりに行動したおかげだし」

「はいはい。だから占いはとっても大切だし、あなたの生活に欠かせないのよね」

母は苦笑している。

「そうやって笑っているけれど、受験の時だけじゃないのよ？　バイトや入社の面接の時も占いのアドバイス通りにしたら受かったし……」

占いは何かに迷っている時や、新しいことをはじめたいけれど勇気がもてない時に早苗の背中を押してくれる。

この感覚を他の人にうまく説明できないのがもどかしい。

とにかく早苗は昔から何かと占いに助けられていて、今では朝の占いをチェックして出かけるのが日課だ。

「そんなに占いが好きなら、初詣《はつもうで》で引いたおみくじにあやかって見合いでもしてみる?」

ポンと両手を打って母親が微笑む。

唐突な台詞《せりふ》に、早苗は一瞬ぽかんと口を開けてしまった。

「な、何?」

「ほら、今年の初詣で引いた早苗のおみくじに、良縁ありって書いてあったじゃない」

「も、もう何考えてるの?　私やっと社会人になったばかりだよ?」

冗談だとは思うけれど、本当にお見合いなんてさせられたらたまらない。早苗はふるふると首を振った。

「別にいいじゃない。昔と違って、結婚しても専業主婦になる人のほうが今は少ないし、結婚して仕事も続ければ」

占いばかり気にするなという忠告をこめて、母はお見合い話など持ち出したのだろう。

早苗だって、占いに頼りきりではいけないと自覚している。

でも、わかっているけれど止められない。早苗にとって占いは、もう生活の一部になっているのだ。ただの習慣かもしれないけれど、「占いをチェックしておいてよかった」と思うことがけっこうある。

だから、占いをチェックしないで出かけるのは、すっぴんで出かけるのと同じくらい有りえない。

「栗野《くりの》さんに頼んでみるか？」

父まで、近所で有名な仲人《なこうど》好きの人の名前を挙げだしたから、たまらない。

「やめてよー」

「なんだ？　好きな人でもいるのか？」

父の問いかけに、早苗はぎくりとする。

「い、いないわよ」

否定したけれど、本当はいる。

ただ、相手の名前すら知らない、完全なる片思いなのだ。

彼の姿が鮮やかに脳裏に浮かぶ。今日も会えるだろうか？

そんなことを考えていたから、つい顔がにやけてしまったのだろう、父に妙な顔で見つめられた。

「と、とにかく、まだお見合いとか結婚は早いから……、いってきます」

早苗はこれ以上お見合いをすすめられないうちにと、慌てて食卓を離れた。そしてそのまま家を飛び出した。


会社の最寄り駅に降り立った早苗は、駅前のロータリーで立ち止まる。

今日もいつもの彼に会えるだろうか。

お見合いだなんだと家で言われた時、思い浮かべた片思いの彼。

早苗は毎朝通勤路の途中にある公園ですれ違う男に、ずっと恋している。

名前も年齢も、何をしている人なのかも知らない。

それでも……

好きだ。

初めて彼を見たのは、入社して間もない頃。

占いで、いつもと違う道を通るとラッキーなことが起きると言っていたから、通勤路を変えて公園を横切るルートを通ってみた。

円周にすると一キロくらいの公園には、早苗と同じように通勤途中のＯＬやサラリーマンらしき人達がちらほらいた。

他にも、ジョギングやウォーキングをしている人達がいて、そのほとんどは近所のお年寄りか主婦といった感じだ。

早苗は普段通らない公園の様子を見るともなしに見ていた。そこでジョギングしていた一人の若い男が彼だった。

早苗のほうに向かって走ってきた彼は、黒い上下のウェア姿で、うっすらと額に汗をかいている。背が高く、ウェア越しでもスタイルがいいのがわかった。

早苗は彼から目が離せなくなる。

精悍《せいかん》で渋くて、人目をひくものがあったからだ。

早苗の友人や会社の同僚にはいないタイプで、包容力がありそうだ。年は三十歳くらいだろうか。

すれ違った時、微《かす》かに汗の匂いがしたけれどちっとも不快じゃなかった。

早苗はしばらく男の逞《たくま》しい背中を見つめていた。

次の日も公園を抜ける道を通ったら、また彼とすれ違った。

そんな日々を半年近く続けるうちに、早苗は彼を意識するようになった。

今では彼の姿を見てすれ違うたびに、早苗の心は浮き立つ。

黒く強い光をたたえている瞳の奥に、優しさや温かな物が感じられる。

今度思い切って、声をかけてみようかな。

ほとんどすれ違うだけとはいえ、毎日顔を合わせているのだから……

「おはようございます」の挨拶《あいさつ》くらいなら不自然じゃないだろうし。

現に彼は他の通勤途中のサラリーマンやＯＬ、ジョギングやウォーキングをしている主婦や老人と挨拶《あいさつ》をかわしている。

早苗はそれが羨《うら》ましくて仕方ない。

本格的に彼が好きだと自覚したのはいつだろう？

いつからどんな風に好きになったのかはわからないけれど、今は彼の声を聞いたり周囲の人と雑談している時の笑顔を見たりすると胸が高鳴る。

とにかく彼が好き。

だから、最初は占いに従って選んだ公園の道を、今では占いとは関係なしに毎日通っている。

彼と会話をしてみたい。話し掛けてもらえたら嬉しいのに。

いつもそんなことばかり考えていた。

一

『今日の山羊《やぎ》座のラッキーカラーはオレンジ。ラッキーアイテムはマグカップ。仕事でミスをするかもしれませんが、それも今後に生かせば大丈夫。くよくよしないで。また、想いを寄せる人と仲良くなれるかもしれません』

「申し訳ございません。デザイン部二課の羽田《はだ》はただ今外出中で、十六時に帰ってきます」

ここは大手デパートを経営する会社の本社受付。この会社の受付嬢として働いている早苗は、訪ねてきた相手にそう言い、頭を下げた。

次の瞬間、隣に座る先輩受付嬢に軽く咳払《せきばら》いをされる。

あ、やば……、私またまずいこと言っちゃったかも……

早苗の背中にさっと冷や汗が流れる。

「あー。そうですか。ではまた出直します」

「はい。そうしてください。お待ちしていますね」

やばい、と思いながらも早苗はにこりと微笑む。すると、羽田を訪ねてきた男もつられたように笑い、くるりと背を向けた。

早苗は先輩とともに頭を下げ、その男を見送った。

「はあ……」

男の姿が完全に見えなくなったところで、先輩が溜め息を吐き出す。

「村野さん、随分フレンドリーな応対ね」

「は、はい」

先輩である相川《あいかわ》の反応を見て、早苗は内心ひやりとする。

今の相川の言い方から察するに、やっぱり自分が失敗したのは間違いなさそうだ。

「えっと……、すみません」

早苗は素直に頭を下げた。

「うん。もっときちんとした言葉遣いをするべきだったわよね？」

「はい。あの、『十六時に帰ってくる』じゃなくて、『帰社予定』と言うべきでした」

早苗の背中にはまだ冷や汗が流れている。

「そうね。それに今の人、滝野川繊維《たきのがわせんい》の人で、布地販売の営業に来ているのよ。でも、今うちの会社では必要ないからって、すでに何度かお断りしているの」

言われて、確かに今の男はよく見る顔だと思い出す。

「だから私達受付も、お引き取り頂くように伝えているの。なのに十六時に戻ってくるとか言っちゃって駄目じゃない」

「え、はい……」

そんな経緯があったとは知らず、早苗の返事は申し訳なさから小さな声になってしまう。

今日のラッキーカラーにあわせてオレンジのマニキュアにしたんだけど、よくないことが起きた……

少し沈みかけたけれど、気持ちを切り換える。

ああ、メゲちゃ駄目。

今日ははじまったばかりだし、頑張らなくちゃ……

早苗は心の中で活を入れて、背筋を伸ばした。

そして相川に尋ねる。

「あの……」

「何？」

「営業の方は……。今の方は今後もお通ししたらいけないんでしょうか？」

そう聞くと、相川はあきれた表情になった。

「そうよ。羽田さんの態度や雰囲気で、そうしたほうがいいだろうと思ったから、さりげなく聞いたのよ。本社の受付ともなればそういうのも察知して、色々配慮すべきなのよ」

今、この受付ロビーには、自動ドアの脇に立つ警備員以外誰もいない。そのため、もちろんひそひそ声でだが、こういう話をしていられる。

「はい。すみません」

理由を知って納得した早苗は、相川に謝る。

「押し付けがましいって思っているかもしれないけど、あなたのためを思って言っているのよ……」

早苗がしょげているのを察してか、相川はそう付け加える。

「それとも、そんなに言い方とかきついかな私……」

今度は相川がうなだれはじめて、早苗は焦《あせ》る。

「あ、えっと、大丈夫です。もう慣れました」

言ってしまってから、早苗はあっと声を出す。

「あー、その、違うんです……」

どうして私はこういう言い方しかできないんだろう？

口下手で、気持ちが先走っていつも失言してしまう。

相川は諦《あきら》めたような笑みを浮かべている。

「私もあなたのそういう言い方に慣れた」と言いたげな顔だった。

「すみません私、あの……」

自分が何かやらかしてしまった時に、忠告してもらえるのはありがたい。本当に頼りになる先輩だと思っている。

それをなんとか伝えたくて口を開くが、エレベーターを降りてきた来客に阻《はば》まれた。

就職の面接に来ていた女子大生や、会議に参加していた支店の社員達だ。

彼らは入館証を戻しに受付にやってくる。少し遅れて、他のお客様もエレベーターを降りてやってきた。

そのせいで早苗は相川にきちんと謝る機会を無くしてしまった。

早苗は女子大生の相手を、相川は社員達の相手をはじめる。

来客は受付が混んでいるのを見て、少し離れた場所で待っていてくれる。早くその方の相手をしなければと思うが、焦るあまり、すぐ次の行動に移れなかった。

「君、車のキーを」

少し急いでいる様子の相手にそう声をかけられる。

その声で我にかえった早苗は、慌ててお客様から預かった鍵の置き場所を探る。するとそこには、二つの鍵がかかっていた。

「あ、恐れ入ります、お客様の鍵は……」

二つの鍵を持ち上げ、どちらでしょうか？　と続けようとした時、横から相川の手がさっと伸びてきて、お客様に鍵を渡す。

「お、ありがとう」

そう言って、鍵を受け取ると去っていった。

相川の見事な受付さばきを間近で見た早苗は、感激しながら仕事を続けた。

「村野さん、ちょっといいかな？」

一段落ついて、ブースの前から誰もいなくなったとたん、やや尖《とが》った口調で相川から声をかけられた。

「あ、はい」

「受付に配属されて数ヶ月経つんだし、そろそろ大勢のお客様が一度に来てもうろたえないようにならなきゃね」

やはりそれかと、早苗はしゅんとなる。

「すみません本当に」

自分の不手際で、お客様を待たせてしまった。

「それに、さっきのお客様の車の鍵の件だって、しょっちゅう車で来ているのはあの方だけなんだから、どういう鍵なんだか、もう覚えててもいいはずだけど？　だいたいあのキーホルダーはかなり特徴があるじゃない。いい加減、知らないとか、覚えていないじゃすまされないのよ。これからは気をつけて」

それきり相川は前を向いて、いかにも受付嬢というすました顔になった。もう何か話しかけられる雰囲気ではない。

ああ。もう……。なんか気まずい。

私、受付の仕事に向いてないのかもしれない……

ここのところ早苗は頻繁《ひんぱん》にそう感じている。

入社したての頃は色々覚えなければいけなかったし、社会人としての生活のペースを掴《つか》むのに精一杯で、そこまで考える余裕がなかった。だが最近は少し慣れはじめたせいか、そんなことばかり考えてしまう。

そもそも早苗がこの会社に入社したのは、学生時代にこの会社が経営するデパートの地下でバイトをしていた時、接客がとても楽しかったからだ。大学を卒業してからも、ここに就職してデパートの売り場で働きたいと思っていたのに、何故か本社の受付に配属された。

人生が思い通りにいくことばかりではないことはわかっているが、出鼻をくじかれた気分になった。

それでも、自分なりに精一杯頑張っている。

その頑張りが空回りしている気もするけれど……

ぼんやりと考えながら、ついこの間、学生時代の友達と女子会をしたことを思い出す。

その時、仕事に関する自分の思いを語ったのだが「そんなのみんな同じよ。多分誰でもそう感じるし、結局慣れの問題なんじゃないの」と友人には言われた。

そしてそのまますぐに、恋の話になってしまった。

恋の話に興味がないわけではない。早苗だって、恋をしたい。彼が欲しい。実際、公園で毎朝見かける彼に恋している。

でも、当面の悩みは、仕事だ。自分自身の資質の問題もあるし、先輩である相川との関係がうまくいっていないのも感じている。

どちらの問題も、自分で動き出さなきゃどうにもならないことは理解しているが、具体的に何をしたらいいのかわからない。その結果、余計に毎日の占いコーナーが気になるのだ。

そんなことを考えていたら、相川にわき腹をつつかれた。ハッとしてあたりを見ると誰かが自動ドアから入ってくるところだった。

ジーンズに白いカッターシャツ、それに黒いカフェエプロン姿の男性だ。どこからどう見ても営業に来たサラリーマンではないとわかる。

目をこらしてその男性の顔を見ていた早苗は、自分の心臓が飛び跳ねるのを感じた。

えっ……

跳ねた心臓が踊り出す。

彼だ。

早苗の憧れの、毎日すれ違う彼……

そう思ったとたん、高鳴った胸が、さらに激しく鼓動を打つ。

やだ……。どうしよう……

なんで？　どうしてここに？

早苗は占いに従ってオレンジに塗った指のマニキュアを見た。

彼はガードマンに何か尋ねてから、真っ直ぐに受付に向かってきた。これまでトレーニングウェア姿しか見たことがなかったから、今の彼のかっこうは新鮮だ。

長い足で床を踏んで、彼が一歩ずつ受付に近付いてくる。

「すみません」

受付の前でぴたりと止まった彼が、低く、やや掠《かす》れた声で言う。

あ、こういう声なんだ……

「はい。なんの御用件でしょうか？」

自分が応対したかったけれど、彼の声に聞き入っていた分、反応が遅れてしまった。

ふと見ると、相川は少しだけ目を輝かせ、彼と話している。

彼女も彼をかっこいいと思っているんだということがわかり、早苗はやきもきする。

そんなことを考えながら彼を見ていると、彼は一度、前髪をかきあげた。かきあげた前髪は全部上がらず、額に少しかかっている。それが妙に男の色気を感じさせた。

彼は最初に相川を見て、それから次に早苗を見て「おや」という感じに目を一瞬見開く。

自分に気付いてくれたことが嬉しくて、早苗はほんのり頬《ほお》を赤くする。

「君……、毎朝公園で……。ここの会社の人だったんだ」

彼は早苗を真っ直ぐに見て口を開いた。

「あ、はい。そうです」

勢い込んで答えると、コホンと相川が咳《せき》をした。

早苗は慌てて姿勢を正す。

「あ、すまない……」

早苗が注意されたと気付いたらしく、彼は軽く頭を下げ、折りたたみの傘を差し出してきた。

「これ……。ランチに来てたうちの女性客の忘れ物……。ここの会社の制服を着ていたから持ってきたんだ。雨、降ってきたし、ないと帰りに困るだろう」

ぶっきらぼうな言い方だった。しかし、わざわざ届けにきてくれたのだ。想像していた通り、とても優しい人なんだろうと早苗は彼を見上げた。

視線が一瞬合う。切れ長の涼しげな目が柔らかく細められる。

早苗が注意されたことに対しての、ちょっとした詫びと挨拶《あいさつ》のつもりなのだろう。それが嬉しくて早苗は思わず微笑む。

「ありがとうございます」

頬《ほお》がどんどん赤くなるのを感じながら、早苗は彼と少しでも言葉をかわしたくてそう言った。

「ああ。昼食時はまだ降っていなかったから、つい忘れたんだと思う」

隣で相川が咳払いしたのに気付き、慌てて手続きの説明をする。

「ではお預かりいたします。あの、お名前のご記入をお願いいたします」

傘の持ち主に届けてくれた人の名前を伝えるため、早苗は来客名簿を差し出した。これで彼の名前がわかる。

ペンを渡すと、彼は『青山透《あおやまとおる》』と力強い字で名前を書いた。

青山透……

透さんっていうんだ……

やっと彼の名前を知れた喜びに早苗の頬は緩みそうになった。

早苗はさらに期待して透が住所を書くのを待った。が、透は名前だけ書いてペンを置いてしまった。

来社名簿には住所や会社名を記入する欄もあるのに……

「あの……」

書いてもらおうと口を開きかけたが、その気配を察したように透は軽く手を振った。

「名前だけでいいかな。本当に届けにきただけだから」

そう言いながら早くも背を向けて歩き出す。

「あ、あの……」

追いかけようとした早苗を、相川が袖《そで》を引っ張って止めた。

「忘れ物を届けにきただけだし、名前があれば充分よ」

相川は小声で早苗に言ってからノートを取り出す。日々の記録ノートだ。何時にどこから誰に宅配が届いた、など、ちょっとしたことを書き連ねる。そこに「傘の忘れ物の届けあり」と書くつもりなのだろう。

「あ、ちょっと待ってください」

受付ブースの下に来客からは見えないようにちょっとしたカウンターテーブルがある。そこでノートを広げて記入している相川の手を、早苗は思わず掴《つか》んでいた。

「何？ もうすぐ来客の増える時間帯になるから、その前に記帳して、早いところ集積所に持っていかなきゃならないのよ」

社内の忘れ物や落とし物を集めておく場所が地下にある。そこは集積所とは名ばかりのごみ捨て場のような所だ。

「あの、その……」

このまま集積所に持っていかれてしまったら、男がわざわざ届けてくれた意味がないと早苗は思ったのだ。

それに傘には見覚えがある。総務の佐倉《さくら》の物だ。

「私が届けてきます」

早苗は相川の手から傘を奪い取ると、制止も聞かず走り去った。

＊＊＊

「まったく……。いきなり飛び出していっちゃって……」

戻ってくると、相川の機嫌が最大限に悪かった。これから忙しい時間帯になるとわかっていたのに、相川の了承を得ずに持ち場を離れたのだ。怒られても仕方ない。

「す、すみません。でも……傘が誰のだかわかったし、佐倉さん喜んでたし……」

「村野さんの気持ちもわかるけれど……」

相川のお小言がはじまろうとした時、自動ドアが開いた。外回りの仕事から帰ってきた社員だ。

「お帰りなさい」

「お疲れ様です」

相川と揃《そろ》ってそれぞれに挨拶《あいさつ》をすると、社員が早苗に笑顔を見せた。

「君の笑顔はいいね。こっちまでなんだか笑顔になるよ」

「ありがとうございます」

嬉しくて早苗はますます笑顔になって、エレベーターに乗り込む社員を見送った。

「あー。もう……。本当に、村野さんって、笑顔だけはいいのよね」

相川がぼそりと呟《つぶや》いた。

「え、そうですか？　ありがとうございます」

明るく答えると、相川は大きく溜め息をつき、肩を竦《すく》めるような動作をした。

あれ？

早苗はそんな相川を見て、首を傾げた。

なんだかさっきも似たような雰囲気になったけど……

あ、今のは褒《ほ》められたんじゃなくて……

早苗は鈍感な自分が恥ずかしくって、耳まで真っ赤になった。

一日の仕事が終わり、早苗はロッカールームへ向かいながら、オレンジに塗った自分の爪を見る。

今日のラッキーカラーはオレンジだった。

占いばかり気にするのはいい加減やめなきゃ、と思っているけれど、今日の出来事を振り返り、やっぱり占い通りのラッキーカラーのマニキュアにしてよかったと思う。

頬《ほお》が自然に緩んでしまうのを止められない。

このラッキーカラーを身につけたから彼に会えた気がするのだ。

相川さんには、またお小言をもらっちゃったけれど……

憧れの彼の顔をまさか会社で見られるなんて。

それに、名前がわかった。今日は、ものすごく進展した気分だ。

青山透。彼の名前を口の中で転がすようにして呟き、早苗は胸をときめかせた。

二

『今日の山羊《やぎ》座のラッキーカラーは白。ラッキーアイテムは文庫本。いつもと違う店で、外食をしてみるといいでしょう。特に南東にあるお店が吉。きっと運命の相手と巡りあえます。仕事は手を抜かずに』


「受付、代わります」

庶務の女子社員がそう言って受付ブースにやって来た。

受付は常に二人体制だから、一人がお昼休憩《きゅうけい》に行っている間は、庶務から交代要員が来るのだ。

「よろしくお願いします。ではお先にお昼いただいてきます」

早苗は相川と庶務の女子にお辞儀《じぎ》をして立ち上がり、受付ブースを出て制服姿のまま外へ出る。

今日は早苗が早めに休憩《きゅうけい》をもらう番だった。朝の占いで、今日はいつもと違う場所で外食すると吉、と言っていたから社員食堂へ行くのはやめた。

しかし、いざ外に出てもなかなかいい店が見つからない。

どうしよう……。朝の占いでは、南東にあるお店がいいと言ってたけど……

会社の南東は駅とは反対方向で、食事を取れるような店などありそうにもない。一瞬早苗は躊躇《ちゅうちょ》した。しかし、占いを信じて、足を進める。

今朝、占いの通り白のバッグを持って通勤したら、あの公園でまた透に会え、少し会話ができた。だからやっぱり食事する場所も占いに従うことに決めたのだ。

透とは受付に傘を届けにきてくれた翌日から、お互いに会釈《えしゃく》をするようになっていたけれど、それだけで、進展らしい進展はしていなかった。

それが今日はすれ違う時に彼の肘《ひじ》が早苗のバッグに触れ、言葉を交わせた。

「すみません」「こちらこそ」といった程度だが、きちんと目を見て話せた。ちっぽけなことだけど、早苗はとても嬉しかった。

そんなことを考えながら歩いていたら、透がどこかのお店で働いていることを思い出す。

この間の傘は、ランチに来た人の忘れ物って言ってたし……

ということは、彼のお店も近くにあるってわけよね？　間抜けだな私……

なんで今までそれを思い出さなかったんだろう。

透の店に行きたい。そう強く願いながら、南東にあたる路地に早苗は足を踏み入れた。

そこはマンションと雑居ビルしかない一方通行の道。

古びたマンションの一階にカフェ、というよりは喫茶店と呼ぶほうが似合う感じの店を見つける。

看板《かんばん》には『オアシス』と書いてある。

よし。

思い切って早苗は『オアシス』に入る。

まだ昼休みには早い時間のせいか、店内に人はまばらだった。二人組の若い女性と、営業帰りといった風情のサラリーマンが二、三人いる。

通りに面した窓は大きく、外の光をたっぷり取り入れている。外観から受ける印象とは違って内装は新しく、とてもおしゃれだ。

淡いグリーンの壁に白っぽい腰板を張り巡らせた店内、テーブルも椅子も腰板と同じ素材を使っていて品が良い。各テーブルの上には小さな観葉植物があり、優しい雰囲気だ。

入って右手にあるカウンターは、女性が座りやすいようにという配慮なのか低めで、背の低い自分でも足が届きそうだ。

一人だし、カウンターでもいいかも。そう思いながら早苗は店内を見回す。と、壁に貼られたメニューに目が止まった。

そこには『占いセット。ドリンク付き千五百円』と書かれている。

占いセット?

早苗はメニューから目が離せなくなる。視線を貼り紙に固定したまま、立ち尽くす。

すると奥から出てきた店員に声をかけられた。

「いらっしゃいませ。お好きな席にどうぞ」

「あ……」

やだ、私、立ったまんま、ずっと貼り紙見てた?

恥ずかしくて口ごもると、男性店員に微笑まれた。

「占いに興味ありますか?」

彼は早苗が張り紙を見ていたのに気付いていたのだろう。

「え、はい」

もちろん、と心の中で付け加える。

声をかけてくれた店員は、早苗より少し年上の男性だった。やや茶髪で、どこかのアイドルに似ている。いわゆる今時のイケメンだ。

黒い長袖のシャツに同色のカフェエプロンをつけ、早苗を見て微笑み続けている。

「でも、そろそろランチタイムなんで、占いセットは今できないんですよ」

それを聞いて少しがっかりした。

「ランチは忙しくなるから、ゆっくり占ってあげられなくて。ごめんなさい。占いは夕方からなんです。なんなら予約取りますか?」

早苗は即座にうなずいていた。

「じゃ、五時半でいいかな? っていうか、僕の記念すべき五十番目のお客さんだ」

男性の顔が大きく綻《ほころ》ぶ。

「えっ! あなたが占いを? それにちょうど五十番だなんて……。なんかラッキーです」

驚いて口早に言うと、目の前の彼がぶっと噴き出した。

「ちょっ……。あのさー」

何がそんなにおかしいんだろうと、早苗は目を丸くする。

「君の性格って、わかりやすいね。占わなくてもわかっちゃうし」

「え、ええっ?」

「卓巳《たくみ》。ランチの時間だから早く準備に戻れ」

その時カウンターの奥から声がした。聞き覚えのある響きに、ひょっとして、と期待しながらカウンターを見る。

やっぱり、透が立っていた。

トクン、と早苗の胸は高鳴る。

会いたいと、彼の店に行きたいと思っていたから自然と頬《ほお》が緩む。

「あ、はい。先輩、じゃなかった、マスター」

どうやら早苗の前にいる男は卓巳という名前らしい。

「ごめんね。適当に席に座ってください。あ、それと、本当に占いを予約するなら、カウンターにある予約ノートに名前書いておいてね」

卓巳は早苗にそう告げると、慌てて店の外へ走り出た。表にランチメニュー表を貼りに行ったようだ。

早苗はカウンター席につく。

「あの、こんにちは。このお店の方だったんですね」

早苗は目の前の彼にどきどきしながら声をかけた。

「ええ、ここのマスターです」

透が笑ってくれた。

「あ、そうだったんですか」

まだどきどきしながら早苗は予約ノートを開き、自分の名前を書きはじめた。

生年月日、血液型を書く。

「ランチメニューをどうぞ」

ノートを見つめていると、水とメニューが差し出された。

「ありがとうございます。えっと、今日の朝はバッグが引っかかってしまってすみませんでした。それから先日は、わざわざ傘を届けていただいてありがとうございました」

「そうかしこまらずに。座って」

いきなり立ち上がり、頭を下げながら一気にしゃべった早苗を見て透は苦笑する。

「あ……。はい」

ぺこりとお辞儀《じぎ》をして座りなおすと、また透に笑われた。

「えっと、あの、このAランチください」

笑われてしまったのが恥ずかしくて、すぐさま注文を決めてオーダーし、ごまかすように予約ノートの空欄に自分の名前を書いた。

「村野早苗さんか」

ノートを覗《のぞ》き込んできた透に言われ、早苗はこくりとうなずく。

「毎日顔を合わせていたのに、今日まで名前を知らないでいたっていうのも不思議だな」

「あ、え、本当にそうですよね」

彼に自分の名前を知ってもらえたことが嬉しくて、早苗の体温がわずかに上がった。

「そういえば、スカートのシミは落ちましたか?」

「はい？」

何の話だろう？

「一週間くらい前かな、子犬がじゃれついて……」

「あ！」

そういえばそんなことがあった。

少し前に朝の公園で散歩中の子犬にじゃれつかれ、犬の足跡や涎《よだれ》でスカートが汚れてしまったことがあったのだ。

「あ、はい。大丈夫でした」

早苗は上擦《うわず》った声で答える。身体が浮き上がりそうな気分だ。

あの時、犬が飛びかかってきたのは、透とすれ違ったあとだ。

なのに、自分のことを見てくれていた。見られていた……

恥ずかしいと思うべきなのか、見ていてくれて嬉しいと思うべきなのか少し複雑だ。

それでも気にかけてもらったと、最後には嬉しさが勝つ。

「あの、そのえっと……」

じわじわと顔が赤くなってくるのがわかって、早苗はうつむく。

「あ、いや、その……」

どこか照れたように透は視線を彷徨《さまよ》わせたが、すぐに誤魔化すように占いの話をしはじめた。

「あー。その、卓巳の占いはそれなりに当たる。けど、あまり占いばかり信じすぎないほうがいい」

そんな話をしていたら、卓巳がカウンターに入ってきて、口を尖《とが》らせた。

「やだなー、マスター。俺、占いはほんと、真面目にやるよ」

そう言ってから、卓巳は急に思い出し笑いをはじめた。

「そうそう、村野さんって今時珍しいくらい素直だよね。まさかあんな冗談にすぐひっかかるとは思ってもみなかった」

早苗は訳がわからず、きょとんとする。

「君を喜ばせるための冗談で五十番目って言ったら信じちゃってさ。普通、本当に五十番ですかって、聞き返しそうなもんだけど……君、信じちゃうし。聞き返してくれれば、すぐ冗談って言えたのに、言い出せなくなって俺、悩んじゃった」

早苗は真っ赤になる。

「ご、ごめんなさい」

「いや、だから……」

卓巳は大げさに肩を竦《すく》める。

「おい。卓巳」

いつの間にか厨房《ちゅうぼう》へ行っていた透が戻ってきて、卓巳にパスタの皿を渡す。その顔は、どことなく怒っているようだ。

「はーい。五番テーブルいってきまーす」

透の顔が怖かったせいか、卓巳はそそくさといなくなった。

「悪かった」

ぼそりと呟《つぶや》く透。

「あの、私、気にしていませんから、マスターさん」

「さんはいらないよ」

「はい？」

何を言われているのかわからなくて、早苗は首を傾げる。

「マスター、コーヒーおかわり」

その時、隣に座っていたサラリーマンが言い、早苗は、ようやく『マスターさん』ではなく『マスター』と呼べばいいと言われたのだと気付く。さん付けをするのなら、青山さんと言うべきだったかもしれない。

なんか、恥ずかしい。

「あ、すみません。青山さん……」

慌てて言い直すと、ぷっと噴き出された。

「すまない。なんかそう呼べと強要したみたいで」

コーヒーを淹《い》れながら、透は早苗に軽く頭を下げた。

「でも、店の常連は、マスターって呼び捨てか、透と名前で呼ぶかな。村野さんにもそう呼んでもらいたい」

あ……

胸がキュンとなった。

私にも、そう呼んでもらいたいって……

「そ、それって……、あの、また来てもいいんですか？」

「もちろんだよ。常連になってくれたら嬉しい。毎日でも歓迎だ」

常連になってくれたらって、それって……

客商売だから、営業の意味合いで言ったのだろうけど、それでも早苗は嬉しくなる。

透の仕事振りを見つめながら、彼がきっと運命の相手に違いないと確信していた。

はじめてあの公園ですれ違った時からときめいていた。わざわざ傘を届けにきてくれた心遣いに、さらにときめき度が上がった。

今日は夕方にまたマスターに、いや透さんに会える。

早苗はうきうきしながら昼食を終え、午後の仕事に戻った。

＊＊＊

終業後、ふたたび『オアシス』を訪れた早苗の前に、ロイヤルミルクティーが置かれた。

「え、私これ頼んでいません。占いセットは確か、オレンジジュースかコーヒーがセットで……」

カウンター席に座る早苗は茶器を置いた透を見た。

「いや、待たせているから……」

確かに待たされている、と早苗は背後をちらりと見る。

卓巳の占いはどうやらＯＬ達に評判らしく、大盛況《だいせいきょう》。基本は一人三十分だけれど、依頼者がその時間になっても粘ってあれこれ聞くらしく、一人十分〜二十分延長になることもざらなようだ。

今も早苗の前の予約にあたる女性が卓巳と話し込んでいる。

よく観察していると、みんなちらちらと卓巳を見ている。

どの女性も会社帰りとは思えないくらいにおしゃれだ。どうやら、彼の占いだけでなく、卓巳自身も人気があるようだ。

彼女達の服装を見て、早苗は急に自分の服がみすぼらしく感じられた。

毎朝透とすれ違うから、それなりにおしゃれには気を遣っているつもりだったけれど……。

昼は会社の制服姿で会った。フライトアテンダント風のスーツだ。髪はアップにしてスカーフを巻く規則がある。

その姿だったから、おしゃれも何もなかったけれど、今はとても気になる。

アップにしていた髪をただおろして背中に流し、カチューシャをしている。

前髪はちょうど眉毛のところで切り揃《そろ》えていて、つい最近会った友達に学生みたいだと言われた。

服だってそうだ。会社では制服に着替えなければならないため、脱ぎ着しやすい、Aラインのゆったりとしたワンピースを着ていた。

それが余計に学生臭い、いや、今時の学生のほうがもっと大人っぽいファッションだし、おしゃれだろう。

せめてもの救いで、メイクだけは受付に相応《ふさわ》しい感じにしているけれど……。

なんか、服とか髪型とか気にするのって久々だわ。

ふと早苗はその事実に気付く。

彼氏いない歴三年だもんな。最低限のことしかしてなかった……。

そんな風に思い、溜め息をもらす。

「嫌いか？　なら別な物にする」

カウンターの中からいきなり透の手が伸びてきて、ロイヤルミルクティーの入ったカップにかかる。

「え？　あ、いえ、好きです」

溜め息を誤解されたらしい。

「そうか。ならいい」

微笑んでくれたのだろう。透の口角が少し上がった。

「えっと、あの……」

急に気恥ずかしくなって、何かしゃべらなければ、と思った。

「ん？」

透はコーヒーを淹《い》れながら早苗に視線だけ寄こす。

「そのですね、占い、こんなに人気だなんて」

「ああ。そうだな。俺もびっくりだ」

それっきり透は黙ってしまう。どうやら彼は口数が少ないタイプのようだ。

けれども決して愛想なしというわけではない。順番を待つ早苗に、飲み物をサービスしてくれたり、さり気なく話しかけてくれたりして、優しさを感じる。

あの忘れ物の傘を届けてくれたのだって、根が優しい、いい人だからなのだとわかる。

「いつから占いセットをはじめたんですか？」

もっと透と話がしたくて早苗はそう問い掛ける。

「卓巳が来てからだ」

そこでいったん黙り、透は何故か難しい顔をした。

「三ヶ月前だ」

どうやら説明が足りないと思ったようだ。

「大学の、なんだその……、オカルトとか占いとか神秘学とか心霊研究とかそういうサークルの後輩で……」

透の言葉に早苗はびっくりする。透からはオカルト好きな雰囲気は少しも漂ってこないからだ。

公園で毎朝見る彼は、寡黙《かもく》なアスリートというイメージだった。実際毎朝ジョギングしているし。

「それから、あいつに占いの手ほどきをしたのは俺だから」

さらに意外な事実を知り、早苗は混乱する。

その時、やっと早苗の番が回ってきた。

名前を呼ばれて卓巳がいるテーブルへ行く。

すかさず透が、元々頼んであった占いセットの飲み物を持ってきてくれた。

卓巳の手にはタロットカードが握られている。

普段星占いばかり気にしている早苗にはタロットが珍しく感じられた。期待に胸が膨らむ。

「さて、村野早苗ちゃんの相談は？」

にこりと卓巳に微笑まれ、早苗は妙に緊張した。

「仕事が……。職場の先輩となんだかいつもギクシャクしていて。仕事そのものも向いているかどうか気になって……」

そう告げたけれど、本当は一番占ってほしいのは透と付き合えるかどうかだ。けれども、すぐそこに本人がいるのに、そんな相談はできない。

「オケ。わかった」

少しだけ意外そうな顔をしてから、卓巳はタロットカードをシャッフルしはじめた。

早苗が自分で行なった経験のあるタロット占いは、大アルカナと呼ばれる二十二枚のカードを使うもの。今、卓巳は、それよりも多い枚数のカードを使っている。大アルカナに加え、小アルカナと呼ばれる五十六枚も使い、より細かく占える方法を採用しているのだろう。

卓巳は慣れた手つきでカードをさばき、一枚一枚めくっていく。

「これ、ウィッシュって呼ばれているスプレッドなんだけど……」

卓巳は説明しながらカードを並べはじめる。結果が出るまでは、無言で黙々とするものだと思っていた早苗は、そんな彼の姿を意外に思いながら問いかける。

「スプレッド？」

「うん。カードの展開方式。並べ方、とでもいえばいいのかな？　で、やり方は俺流なんだけど、スプレッドだけは昔からあるものだから安心して。カードは嘘をつかないし」

「あ、はい」

背筋を伸ばして答えると、微《かす》かに笑われた。

どうして私はすぐに笑われるんだろうか？　なんか、それを占ってもらったほうがよかったかも。

などと考えているうちにも、卓巳の占いは進む。

「まず、早苗ちゃん、あなたはかなり素直な性格だよね。別な言い方をすれば天然？」

「え、はあ……」

「言われない？　天然って……」

ふるふると早苗は首を横に振る。

「んー、じゃあ、馬鹿正直とかは？」

「あっ、それは……」

身に覚えがあって、早苗はうなずく。

「うん。だろうね」

と言って、小さく笑われた。普段あまり怒りを感じない早苗だけれども、なんだかむかむかしてきて、つい眉間に皺《しわ》を寄せていた。

「おい。卓巳」

笑いすぎている卓巳を窘《たしな》めるような声がカウンターから響いた。

「もう少しわかりやすく言ったらどうだ」

「やだー、マスター怖い」

「また卓巳くんをいじめている」

常連らしい客達の間からそんな声が聞こえて、早苗は自分が悪いことをした気分になって肩を落とす。

自分のことが原因で、透が客から悪く言われてしまった。

「みんな、占い中にそんな大声あげないでー」

卓巳が愛想をふりまきながら、周囲を見回す。

それから卓巳は、ごめんねと早苗に謝り、占いを続けた。

「早苗さんは素直で真面目すぎる性格だね。冗談も真剣に受け止めるだろう?」

「あ……。そうかも」

「ひょっとしてさ、嫌味言われてても気付かなかったりしない?」

「んんっ……。それもあるかも……」

当たっている、と早苗は目を瞠《みは》る。

「うん。だよね。天然さゆえか、君は少し誤解されやすいタイプかもしれないね。占い結果を見る限り、仕事との相性は悪くなさそうだし、周りに君の敵となる人物もいない」

占い結果を聞き、早苗は少しほっとする。

相川とも、もっとよく話し合えば、仲良くなれるのかもしれない。

「あと君は今、仕事のことで悩んでるようだけど、今後はそれより男性に悩まされるかもね。今、早苗さんは恋してるよね？　ほら、ここのカードが示している」

卓巳はテーブルの上に並んでいるカードの一つを指差す。それは早苗が知らない小アルカナのカードで、どんな意味なのかさっぱりわからなかった。

「え、こ、恋ですか？」

つい上擦《うわず》った声を出して、早苗は真っ赤になった。

まさか相手まではばれてないよね。

と、真うしろのカウンターにいる透を意識する。

「あ、やっぱ誰か気になる人がいるんだ？」

少しからかうような口調で言われて、早苗はますます赤くなった。

「そ、それは、でもやっと名前を知った程度だし、その……」

言いながら、本当は付き合いたいと思う。しかし、今ここで言ったら、透に告白するようなものだ。

「おっけー。わかった。とにかく恋に悩まされるって未来が出ているから、当面はそっちを気にしてて。仕事については気になる結果は出てないし、あまり気にせずにやるといいと思う。以上なんだけど、質問はある?」

「……ないです」

透とどうなるのか知りたい、と心の中では思っていたけれど、やはり本人がいるところでなんて無理だから、早苗は一呼吸置いてから口を開いた。

「ありがとうございました」

仕事のことを聞いたはずが、いつの間にか、恋の話になっていた。早苗はなんだかふわふわした気分になる。

とりあえず出された飲み物を一気飲みして、次の女性と代わる。

恋に悩まされる、ということは今後何かしらの進展がある、ということだろう。その相手は透だったらいいな、と早苗はひそかな期待を胸に抱いて『オアシス』を出た。

三

『今日の山羊《やぎ》座のラッキーカラーは黒。ラッキーアイテムは薔薇。運気アップのおまじないとして、コートをいったん裏返しにしてから着るといいでしょう。ヘアアクセサリーはつけないほうがベター。胸がときめく出来事がありそうです』

今日も一日の仕事を終えた早苗は、帰り際《ぎわ》、会社のロッカールームでコートの袖《そで》を一回ひっくりかえした。それから元に戻して着る。

「何やってるの？」

相川に声をかけられて、早苗は振り返る。

「今日の占いで、一回裏返してから着ると運気アップってあったから」

素直にそう答えると苦笑された。

「まーた占い？　そりゃ私だって占いは好きだけど、ほどほどにしなよね」

最近、相川と前より親しくなれた。卓巳に占ってもらったおかげで、自分から積極的に話しかける勇気が持てるようになったからだ。

「この間も変なことしてたし……」

「なんですか？」

相川の言葉に反応して、着替え途中だった他の課の女子が、聞いてくる。

「受付カウンターの陰で、ハンカチを何度も折り畳んでたの。お客様からは目につかない場所だったけれど、真正面を見たまま、ずっと手だけ動かしてるから、隣で見ている私はなんか怖かった……」

「あー、そういえばそうでしたね、それ一昨日でした？」

受付には、直接社員と会わなくても構わないからこれを渡しておいてくれ、という緊急を要さない訪問者もやって来る。

ちょっとしたサンプル品だったり、パンフレットの類《たぐい》だったりを置いていくのだ。

そういった品物を午前と午後の一回ずつ受付に回収に来る係がある。

彼女はその係だから、早苗の様子を知っているのだ。

「なんかしてるなーってわかったんですけど、あれ、ハンカチ畳んでたんだ？」

「そう。ハンカチ。何でそんなことしてるのかって聞いたら占いだって言うから、びっくりした。仕事に支障があるわけでもないんだけど……」

と、相川はちらりと早苗を見る。

「相川さん、ごめんなさい。もうやりません。その……占いは見るかもですけれど……」

恥ずかしくて、声が小さくなってしまう。

「別に占いを見るななんて言ってないわよ。なんか、かわいい趣味？　だとは思うし。ただ、お客様の前ではやらないでよ」

「はい。それはもちろん。いくら占いでも、お客様が変に思うようなことは一切しません」

「そんなの当たり前、基本中の基本」

最近、相川とはこんな風なやり取りができるようになっていた。

これも卓巳の占いを信じてアドバイス通りにした結果だ。

色々と話すうちにわかったことは、相川は大抵、早苗に腹を立てているわけではないということだ。

自分では普通にしゃべっているつもりなのに、きついと思われてしまう、直したいのに、なかなかうまくいかなくて悩んでいる、とまで言われてしまった。

「はい、お仕事頑張ります」

「あなたの笑顔、確かにいいわ」

ぺこりと頭を下げた早苗を見て、相川は微笑む。

「あ、今のは嫌味じゃないからね」

そのまま相川は片手を振ってロッカールームを出ていった。

苦笑しつつ早苗もロッカールームを出る。

会社の外に出ると、外は意外に暑かった。もう十月の末なのにコートがいらないくらいだ。それでも早苗はコートを着たまま『オアシス』へ向かった。

『オアシス』に行く時、早苗はいつもの公園を通り抜ける。

公園を抜けると遠回りになるのだが、なんとなくいつもここを通りたくなる。ここを通ったほうが何かいいことがありそうな気がするからだ。

今日は彼と何を話そう。どんな会話ができるだろうか。

あれこれ想像しながら、遊歩道を歩いていると、カップルが目に入った。二人は早苗が通りかかったのにも気付かず、抱き合い、キスを交わしている。

わっ！

早苗は自分のほうが恥ずかしくなって、目をそらして小走りでその場を去った。

あんなところで恥ずかしい。いやらしい。そう感じるそばから、私もあんな風に透されんに抱きしめられてキスしてもらえたら……

今日は星空も綺麗だし、なんだかロマンチックな気もするし……

と、羨《うらや》ましく思う気持ちも抱いた。

＊　＊　＊

「あ、早苗ちゃんいらっしゃい。ちょっとお久しぶり?」

『オアシス』に入るなり、卓巳の声に迎えられた。

卓巳は今日も占いをしている。今日の客は女子高校生だ。その子の相談を聞いている途中なのに、早苗に手を振ってきた。

「卓巳さん。ちゃんと占ってあげて」

早苗は思わずそう言ってから、もう自分の定位置になっているカウンター席に腰掛ける。

あれからなんだかんだで『オアシス』に通い、最初の日に透に言われたように、早苗は常連になっていた。

何度も通ううちに、ランチタイムの間だけ厨房《ちゅうぼう》に調理専門のバイトが入ることや定休日が日曜なこと、土曜は午後二時まで、バイトの卓巳は基本的にランチタイムから五時までだけれど、占いの予約状況によっては閉店までいることなどを知るようになっていた。それから、透が二十九歳なのも雑談の中で判明した。

「……って言われちゃうと、なんて言い返せばいいのかわからなくて」

「それは、やりにくいですね」

「そうだろう?」

横から透と常連の会話が聞こえてくる。三十代後半くらいの男性で、ヨシさんと呼ばれている人だ。

いつもジーンズにカジュアルなシャツを着ている彼は、音楽関係の仕事をしているらしい。

透は、一言、二言相槌《あいづち》のような返事をするだけで、聞き手に徹している感じだ。

「こんばんは」

早苗は二人に声をかけた。二つあけた右隣にはヨシさんが座っている。

「具合でも悪かったか？」

早苗の顔を見るなり、透が水と一緒にキャラメルティーが入ったカップを置いた。早苗の好みをもう覚えていて、こうして黙っていても出してくれるのだ。

なんか、本当に常連になっちゃったな、と早苗は少しくすぐったい気分になる。

でも、具合って……？

その疑問が顔に出ていたのだろう、透がすかさず口を開いた。

「いや、二、三日顔を見なかったから……」

「ああ……」

心配してもらえた嬉しさが込み上げる。

「大丈夫。元気ですよ。えっと、毎日ここに来てランチしたりお茶飲んだりしていたら、けっこうお金なくなっちゃって。給料日まで我慢していました」

実家暮らしだから、一人暮らしをしている同僚よりずっと余裕があるはずなのだが、少しは家にお金を入れているし、貯蓄もしている。けれどこの店に通うために、服を何枚か新調したから、給料日前になると意外に財布が寂しくなる。

「それは悪かった」

透は眉を寄せて、早苗の伝票を手の中で握り潰した。

「え、ええっ！」

「待ってください。そんなつもりで言ったんじゃ……」

「いや、でも今……」

そう言われて早苗は頭を抱えたくなった。

また余計なことを言ってしまった。

そういえば相川に、もっと言葉を選べ、とよく注意される。

本当のことで、そしてあなたに悪気がなくても、聞いた相手がどう思うかを考えてみなさい、とあきれられた覚えがある。

よくよく考えると、ここに通ってたらお金がなくなった、なんて、まるでこの店が早苗からぼったくっているように聞こえるではないか。

「ごめんなさい。私その、悪い意味で言ったんじゃなくて……」

また不用意に言いそうになって、早苗は両手で口を塞《ふさ》ぐ。

仕事が忙しかったとか、友達と遊んでいたとか、いくらでも、しばらく顔を出さなかった理由は言えたのに。

「あ、いや。そう謝るな」

見るに見かねて助け舟を出してくれた透が苦笑する。そして手の中の伝票を丸めてカウンター下に放る。そこにごみ箱があるようだ。

「今日は特別。俺のおごりだ。それでいいか？」

「そうだ。そうだ。おごられとけ」

隣からヨシさんにまで言われてしまう。

「え、でも……」

「いや、だって今のはマスターがまどろっこしい聞き方をしたから悪いんだ」

ヨシさんは何故かにやにやしている。

「俺のどこが？」

「言葉が足りねーんだよ。口下手にも程がある。素直に『しばらく見なかったけれど、来てくれて嬉しい』とか『心配してたけど、顔を見せてくれてよかった』って言えばいいんだよ。そしたら早苗ちゃんも、今みたいな返事はしなかっただろう？」

「え、私……。その……」

なんと答えていいのかわからなかった。

それより……

来てくれて嬉しいって……

本当に透はそう思ってくれたのだろうか？

早苗はちらりと透の顔を見た。

透は照れたような顔になって、早苗と目が合うとうなずきながら言った。

「ヨシさんの言う通り。言い方がまずかった。だからおごり」

「……はい」

払いますから、とはもう言えず、早苗はうなずく。

透の照れたような顔が見られたのが、なんだか嬉しかった。

「はあ……。でも、口下手というのなら、私もです。あ、私の場合、口下手とは違うのかもしれないけれど……、いっつもこうなんですよね」

カップに口をつけながら早苗は自嘲《じちょう》する。

それから店内を見渡し、占いをしている卓巳に目を留める。思えば、早苗が卓巳に占いをしてもらったのは最初にこの店を訪れた日の一度だけだ。その後は予約をなかなか取れなくて、見てもらえなくなった。

最近では卓巳は、よく当たるイケメン占い師としてちょっとした有名人になって、今では一ヶ月先まで予約が埋まっているのだ。

ここ最近の早苗は透相手に愚痴《ぐち》とも相談ともつかない話を、ここに来るたびにしていた。

もちろん、透ともっと親しくなりたい、彼の顔をいつも見ていたい、という気持ちが大きいのだが、透は早苗にとっていい相談相手でもあったのだ。

特に何か答えてくれるわけではない。ただ黙って早苗の話を聞いて、ごくたまにぼそりと語ってくれる。

今のように他の常連客を交えて話す時もあるけれど、透と二人で話しているほうが多かった。

他愛無い会話だけれど、早苗の心はそれで安らいだ。

透は店名通りに早苗の心のオアシスになっていた。

「私っていつも本音と建前が使い分けられなくて、失敗ばかり」

「それが村野さんのいいところだと俺は思う」

そう言ってもらえて嬉しい一方で、いつまでも「村野さん」と他人行儀に呼ばれるのが、とても寂しかった。

卓巳もヨシさんも「早苗ちゃん」って呼んでくれるのに……。

それにはまず自分が「透さん」と呼んでみるのが一番なのかもしれない。そうすれば彼も、親しみやすく思ってくれるのかも。

よし。こうなったら思い切って……

「透さん」と呼びかけようとした時、ヨシさんが会話に加わってきた。

「俺もそう思うよ。あー悪い、俺が口を挟むことじゃないな」

「いえ、いいんですよ」

早苗は隣を見る。

「いや、やっぱりよくない。早苗ちゃんはマスターと話したいんだろ？　てなわけで俺はもう帰る」

「ヨシさん。まだいいじゃないですか？」

透がひきとめるが、ヨシさんは素早くコーヒー代をテーブルに置いた。

「いやいや。もう愚痴ならたっぷり聞いてもらったし。口下手だけど、愚痴を聞いてもらうにはちょうどいいよな。早苗ちゃんもたっぷり愚痴を聞いてもらうといいよ。うん」

ヨシさんはそう言い残して店を出ていった。

入れ違いに女性客が入ってくる。早苗より十五くらい年上の女性だ。

何度かこの店で顔を合わせたことのある人で、向こうも早苗に気付いたのか、すぐ隣に座ってきた。

「あー。おひさ。えっと、早苗ちゃんだっけ？」

「はい。真由子《まゆこ》さんこんばんは」

山崎《やまざき》真由子さん……。卓巳さんに何かを占ってもらっていた時に、名前を聞いた。真由子さんですら私を早苗ちゃんって呼んでくれるのになぁ。寂しい気分で早苗は透を見る。が、彼はまったく早苗の気持ちになど気付いていない感じだった。

「真由子さん、どうです？」

透は真由子の前に水のグラスを置き、そう問いかけた。

あー。真由子さんも『真由子さん』って呼ばれている……苗字で呼ばれている常連はひょっとしたら自分一人だろうかと、早苗は少し悲しくなる。

「あのあと、うまくいきましたか？」

なんの話だろう？　と早苗は少し首を傾げる。

相談事のその後……でも聞いているのだろう。

二人を眺めていると、いきなり真由子がカウンターに突《つ》っ伏《ぷ》した。

それから大声で叫びだす。

「もう駄目っ！　あの男別れてくれないのよっ！　卓巳くんの占い通りに他に女がいたし、証拠も見つけて突きつけたのに、離婚はしないって言うのよっ」

別れ話のトラブルだったのか、と早苗は納得した。

「ねーマスター。マスターも占いできるんでしょ？　卓巳くんに教えたのマスターだって聞いたけど？　どうしたらあいつ別れてくれるか占ってよ」

「駄目だ。俺はプロじゃない」

そっけない返事をして、透は真由子の前にホットミルクを置いた。

あれ？　いつも真由子さんはコーヒー、それもブラックなのに。そう思っていると、真由子も頼んでないのにというふうな、不機嫌な表情で透を見た。

「今の真由子さんの気分だと、ブラックコーヒーよりこれでしょう。神経を休めたほうがいい」

「ええー。何よそれ」

口を尖《とが》らせている真由子を尻目に、透はカフェエプロンのポケットからスマホを取り出す。

マナーモードにしていたのが振動していたらしい。いつもは営業時間中にお客の前で携帯をいじる姿など見たことはなかった。けれど今は常連客しかいないし、気を許しての行動だろう。

「ん？　何？　いや、まだまだ仕事だよ……」

電話に出た透の顔が一瞬だが、プライベートの表情になったのを早苗は見逃さなかった。

この三週間で透が店の脇にある路地裏で、今のような雰囲気で話しているのを早苗は何度か見聞きした。

話し方などから相手は女性だろうな、と察しがつく。そのたびに早苗は細い針で心臓をつつかれたような痛みを感じていた。

透が独身だというのは常連客や卓巳との会話で知っていた。けれど現在恋人がいるかどうかはわからない。

彼女なのかな?

電話の相手が気になる。

そしてもし彼女からの電話なら、自分の恋はもう終わってしまうということ……

会社帰りや昼休みに、それこそ財布の中身が寂しくなるまでここに通うのは透に会いたいからだ。

顔を見て、一言二言話をするだけで、気分が浮き上がる。

新しい服を着てきても、気付いて声をかけてくれるのは卓巳だけだけれど、それでも、透に会うために何を着ようか悩むのが楽しかった。

「あ、うーん。そうだな。明後日の日曜なら定休日だし……。ああ。わかった。じゃあそれで……」

透が電話を切る。

「何？　マスター、デート？　そういや独身だもんね。デートする相手の一人や二人いてもおかしくないわよね」

カウンターに突《つ》っ伏《ぷ》したまま真由子が言った。

そういう話題に早苗はつい聞き耳を立ててしまう。普段なら「彼女がいるんですか」と聞いて話の輪に入っていくところだが、さすがにできない。

下手に聞いて、彼女との、のろけ話でもされたら立ち直れそうにない。

「デート？」

透が困ったような顔をして振り向いた。

「そうなんじゃないの？　だって相手、女性でしょ？」

突っ込む真由子。

「まあ、確かに女性だが……」

と、何故か難しそうな顔をして透は黙る。

なんでそんな顔をするんだろう？

会うと約束した日に他にも用事が入っているからなんだろうか。

その、他の予定も別な女性とのデートだったりして……と、早苗は嫌な想像をしてしまい、慌てて頭を振った。

「なんか羨《うらや》ましいわ。デートなんてさ」

「いや、だからデートというわけでは……。相談に色々のっているだけで……」

透はますます困り顔になった。

「同じ相談にのるなら、俺はここで……」

と言いながら、透はちらりと早苗を見た。

え？　何？　今の……

「この店で、みんなの相談を聞いているほうがいいんだが……」

「みんな？　そこに私は入っているのかな？」

今度は真由子にちらりと見られ、早苗はわけもなく動揺した。

えっと、どういうことなんだろう？

真由子が何故自分を見たのかわからない。

「もちろんですよ、真由子さん。今さっきもヨシさんの相談にのってましたし……」

「あの人のは、ただの愚痴《ぐち》でしょ？」

真由子が言うと透は苦笑した。

一瞬自分も愚痴ばかり言っている気がして、透は迷惑だったかもしれないと、早苗はいたたまれなくなる。

「えっと、その……。私もいつも愚痴ばかりでごめんなさい」

頭を下げると、背中まで伸ばした髪が、さらさらと胸の前に落ちてきた。

今日は朝の占いでヘアアクセサリーはつけないほうがいいって出てたんだっけ……

「ええ？　早苗ちゃんちょっと……」

真由子が慌てる。

「私のだって愚痴よ。愚痴。相談だなんて大層なものじゃないし……」

「いえ、離婚問題ですよね。ものすごく大変なことで、私の悩みに比べたら……」

「二人とも……」

透が新たな苦笑を浮かべて、二人の会話に割って入る。

「愚痴も俺は相談の一種だと思っている。いや、なんというか真剣に相談するより気楽に本音を言えると思うし……」

「そうだよねー。で、愚痴を聞いてもらっているうちに自分で答え見つけたり、勇気づけられたりするし。結果的に相談したのと変わらなくなると思うし……。だから早苗ちゃんが頭下げる必要なんてないの」

真由子は微笑む。

「はい……。でも私の愚痴って本当に馬鹿みたいな話ばかりで、恥ずかしくって……」

「馬鹿みたいじゃない。別に」

ぼそりと呟《つぶや》いた透の言葉に、早苗はどきりとする。

「他人から見ればどんなにくだらない悩みでも、いつだって当人は真剣なんだ。だから俺は愚痴《ぐち》を聞く。それしか能がないし。それでうちのお客さんがすっきりとした顔で店を出ていってくれるのが嬉しい」

ふと、見つめられて早苗は頬《ほお》が真っ赤になっていることに気付いた。その顔を見られたくなくて少しうつむく。

「あー。だから卓巳くんに占いやらせてるの？　占ったあと、すっきりしたお客さんの顔を見たかったから？」

真由子に尋ねられて透はうなずいた。

「ああ。まあ……。うまく口車にのせられたという気もするけれど……」

どことなく複雑な表情で透は占いをしている卓巳の姿を見た。

「何、その顔？　ああ。そうか。卓巳君目当ての客が増えて、今までの常連さんとゆっくり話せなくなったのが嫌？」

真由子に聞かれて、透はまた複雑な表情をした。

図星だったのかもしれない、と早苗は想像した。

早苗が最初に『オアシス』を訪れた時より確実に若い女性客が増えているし、なんとなく店内がいつも騒がしい感じがするのだ。

「あ、いや、でも新しい常連も増えたことだし……、嬉しいよ」

透に見つめられた。目をほんの少し細めた彼の顔は、とても柔らかくて優しい印象だ。

新しい常連が自分のことだとわかるし、嬉しいと言われ、早苗は自分の心が満たされるのを感じた。

透さんには彼女がいるのかもしれない。けれど、今は私のことを思って微笑んでくれている。

そう思うと嬉しいのだけれど、照れてしまって、まともに返事ができない。顔がさっきよりさらに赤くなってくるのがわかって、胸がどきどきする。

「おやん？」

真由子がそんな早苗を見て、にやりと笑った。

まさか、私が彼を好きだって気付かれた？

さらに早苗は胸が苦しくなって、これ以上この場に座っていられなくなった。

「あ、あの、私、今日は帰ります。仕事持ち帰ってたんでした」

いつもはこんなでまかせ、口から出ないのに。

私ってば、今日はなんだか変……

「マスター、早苗ちゃん帰っちゃうよ。いいの？」

カウンター席から立ち上がりかけると、真由子が何故か透にそう言っていた。

「ああ。そうだな。仕事があるんだろうけど、全部飲んでからにしたらどうだ？」

「あ、は……い……」

引き止めてくれるのが嬉しかった。

けれど、やはり恥ずかしい。

気になって透を見ると、どこかはにかんだような顔をしていた。

どうしていいかわからず、早苗は立ったまま、残っているキャラメルティーを一気に飲み干した。

あまりにも勢いよく飲んだせいだろう、二人に笑われた。

早苗も照れ笑いをすると、笑っていた透の目がさらに細められる。

「君は……、なんだか……、ああ、いや……、そういう笑い方もいいね」

「はい？」

「前から笑顔がいいと思っていたけれど……」

透と早苗を見比べて、また真由子が笑っている。

「うんうん。早苗ちゃんは笑顔美人だよね」

「なんですかそれ？　笑っていないと美人じゃないみたいな……」

恥ずかしさやら照れくささやら、色々なものが混じって、早苗は落ち着かない。やっぱり長居は無用だ。

「とにかく、今日は帰ります」

早苗は、ごちそうさまでした、と早口で言い、ぺこりと頭を下げた。

そして慌てて外に出た。

あー。もうやだ私……。恥ずかしい……

まだ火照《ほて》っている両頬を手で叩き、駅へ向かおうとした時、ものすごい勢いで走ってきた男とぶつかった。

身体が弾かれて、『オアシス』の看板《かんばん》に腰をぶつける。

「いたっ……」

小さく声を上げた早苗を無視して、その男は店内に入っていった。

「真由子っ！」

店内に入るなり男は大声を上げる。外にいる早苗の耳にもはっきりとそれは聞こえ、早苗は嫌な予感につき動かされて、また店に戻った。

「昇《のぼる》……」

嫌な予感は当たってしまった。

真由子が蒼白《そうはく》な顔で男——昇を見ている。

「なんで俺と離婚するんだ！　そこの占い師がしろって言ったからするのかっ！」

昇が叫んだとたん、店内が凍りついたように静かになった。

「お、俺？」

名指しされたかっこうになった卓巳が、引き攣《つ》った顔で自分を指差す。

「そうだお前だっ！」

まるで突進するように卓巳に向かって行く昇。咄嗟《とっさ》に逃げようと腰を浮かせた卓巳だが、間に合わず、向かってきた昇に胸倉を掴《つか》まれた。

「お前がっ！」

「昇っ！　やめて！」

止めようと真由子は昇の腕を取ろうとした。けれどその腕を振り払われ、真由子は派手に尻餅をつく。

「キャー」

「いやーっ」

静かだった店内が一気に騒がしくなる。

卓巳に占ってもらっていた女子高生は悲鳴を上げ、椅子から転げ落ちるようにして逃げ出した。

「えっと、俺はただ占っただけで、責任は……」

真っ青な顔で卓巳はようやくそれだけ言う。

「の、昇……。やめて」

真由子は制止するが、振り払われた時どこかを痛めたのか、動けずにいる。

「責任はないって言うのかよ！」

その声に、びくりと目を閉じる卓巳。

「申し訳ありません」

透の声が店内に低く響き渡る。

店内中央で蹲《うずくま》っていた真由子の身体をそっと引き起こし、透は空いている椅子に座らせた。それからゆっくりと昇に近づき、今にも卓巳を殴りそうな勢いの彼の肩に手をかける。

「他のお客様の迷惑になります。お話があるようでしたら、奥で……」

と、透は昇の腕を取り、トイレの隣にあるスタッフルームへ導こうとした。

「うるさい引っ込んでろ！」

真由子にしたように、透の腕も思いっきり振り払う。

かなり強い力だったのだろう、そのまま透はカウンター席に派手にぶつかり、振動で置かれていたグラスが落ちて割れた。

「や、やめてください！」

さらに透に殴りかかろうとする昇の前に、早苗は咄嗟に立ちはだかって大声をあげていた。

「人を殴って傷つくのはあなたです。だからやめてください」

「何を！　この小娘がっ！　生意気な口をっ！」

手を振りかざされる。

殴られる。

そう思い、早苗は思わず目を瞑《つむ》った。

しかしいつまで経っても覚悟した衝撃はやってこない。

おそるおそる目を開くと、透ががっしりと昇の手首を掴《つか》んでいた。

「もう一度言います。お客様のご迷惑になりますから、奥でお話を……」

さっきよりも強く、有無を言わせない口調だ。その瞳は怒りで燃えている。

「ちっ、わ、わかったよ」

透に気圧《けお》されたのか、昇はそう吐き捨て、ようやく腕を下ろした。

「では、こちらへ」

透の瞳はまだ怒りを含んでいる。が、昇がこれ以上乱暴はしないと踏んだのだろう、手首を掴んだまま奥へ行きかける。

「真由子さん。あなたも一緒に……。卓巳、あとは頼む」

真由子は透と昇とともに、奥へ向かって歩きだした。

その時、早苗はあることに気付いた。透の足取りがおかしい。

さっきカウンターに当たった時に、怪我をしたのだろうか。早苗は心配しながら透の背中を見送った。

＊＊＊

「早苗ちゃん。いつまでいるの？」

少し困った顔で卓巳に聞かれ、早苗も困ってしまう。

まだスタッフルームでは三人の話し合いが続いている。店は営業を続けられる状態ではなかったので、卓巳はさっさと店を閉めた。

客で残っているのは早苗だけだ。

「ごめんなさい。なんかマスター、怪我してたみたいなのが気になって……。たぶん私のせいだから……」

「早苗ちゃんらしいっていうか……。あれは昇とかいう真由子さんの旦那がやったことで、早苗ちゃんが責任感じる必要はないのに。はぁ……」

卓巳は天井を見上げて溜め息をつき、首を振る。

あぁ、自分がいつまでもここにいると迷惑なんだ、と早苗は悟った。

それでも透のことが気になって、早苗は帰れない。どうしてもちゃんと顔を見て、一言でいいから謝りたいのだ。

「ひょっとして早苗ちゃん、先輩のことが好きなの？」

ふと、いたずらっ子のような顔になった卓巳に聞かれた。

「え、えええっ！　いえ、その私は……、えっと……」

なんで私がマスターを好きだってわかるんだろう。早苗の身体が一気に熱くなる。

「そ、それは……わ、私の好みの紅茶とかはすぐにマスターはわかってくれたけれど、私は彼の好みも知らないし、どういう本を読むのか、休日は何をしているのか、私服はどんな感じなのか、何も本当に知らないし……。だから……」

だから、好きになりようもない、と否定しようとしたのだが、卓巳はくすくすと笑っていた。

「うんうん。やっぱり好きなんだね。色々知りたいって思うほど」

卓巳はまだ笑っている。

「や、やだ私、どうして……」

何故ばれたのかわからない。どうしようもなく恥ずかしくて、早苗は思わず両手で顔を覆《おお》った。

「早苗ちゃん、ばればれだよ。かわいいな。すっごいピュアなんだね」

「どうしてばれてるの？」

もうごまかすのは無理だと悟り、早苗は顔を真っ赤にしたまま、卓巳に聞いた。

「これでも俺、占い師だよ。人を観察する目は持ってる」

「そ、そうなの？」

卓巳以外の人にもばれているんだろうか。だとしたら、恥ずかしくてもうこの店に通えない。

「安心して、たぶん気付いているの俺だけだと思うから。あー。真由子さんも気付いてるかな」

卓巳は早苗の心を見透かして言う。これも占い師としての観察眼なのだろうか。

「え、真由子さんも？」

「大丈夫だって、真由子さんも俺も誰にも言わないし、本当に他の常連さんとかは気付いていていないと思うよ」

「ほ、本当に？」

どきどきしながら顔を覆《おお》っていた手を外すと、卓巳が大きくうなずいた。

「うん。透先輩……、マスターってさ、聞き上手でみんなに慕《した》われてるよ。真由子さんが今日すぐにカウンターに座ったように、あんな感じで一人で来てマスターと雑談するお客さんもいっぱいいるよ。平日の昼間は、近所の一人暮らしのおじいちゃんやおばあちゃんがたくさん来るし、早苗ちゃんも先輩のそういう所を好きになったんじゃないかって、気持ちがわかるよ」

なんだかその光景が眼に浮かび、早苗はなごむ。

「確かに一人で来てマスターと話している人多いかも……」

早苗もいつも一人だ。同じように一人で来てカウンターに座っている客が多い。

「でも、あの、内緒にしていてください。恥ずかしいし」

「うん。わかってる。というわけで……って言い方も変だけど、俺は、もう出るよ。さっき占ってた高校生、途中だったから、駅前のファミレスで続きをする約束したんだ」

「私がいるから店を出られなくて、ごめんなさい」

そんな約束をしていたなんて、私、本当に迷惑をかけている。

「そんな顔しないで」

しょんぼりとした顔をしていたのだろうか、卓巳はまた笑うと、入り口のドアを指差した。

「あ、店の看板《かんばん》はもう中に入れちゃったから誰も入ってこないと思うけど、俺が出ていったら念のため、内側から鍵をかけてね」

「はい。色々すみませんでした」

「いいって、じゃあね。マスターとうまくいくといいね」

そんな台詞《せりふ》を残し、ひらひらと手を振ると卓巳は出ていった。

もう……。恥ずかしい。うまくいくといいねだなんて……

早苗は落ち着かない気分でいつものカウンター席に座る。

真由子さん、大丈夫かな？　またあの昇さん逆上していないといいけれど……

そういえば今日の占い、なんて出ていたっけ……

胸がときめくようなシーンがあるとかだったと思うけど……

ときめくというよりはドキドキだった。それも悪い意味での、と早苗は嘆息《たんそく》する。

そんなことを考えていると奥から足音が聞こえ、早苗はハッとして顔を上げた。

「君……」

驚いた顔の透と視線が合う。

「め、迷惑だったらごめんなさい」

早苗は透に何か言われる前に頭を下げる。

「いや、別に……。それよりなんで……」

あきらかに戸惑っている様子の透を見て、早苗は後悔しはじめていた。

怪我の具合なら明日聞いてもよかったし、謝るのだって明日でもよかったかもしれないのに、馬鹿な真似をしてしまった。

しかし後悔先に立たずだ。

「あ、あのさっきは庇《かば》ってくださってありがとうございました。そのせいで足を怪我したんじゃないかって気になって。ごめんなさい。そ、それと真由子さん達はどうしたかなと思って……」

早口に早苗はまくし立てる。

「彼女達なら裏から帰った。旦那は、ようやく納得して離婚に同意してくれた」

透が説得したのだろう。どことなく疲れた雰囲気が彼には漂っていた。

「よかった。本当に」

ほっとして、早苗はカウンターにもたれかかる。その拍子に、積み上げた灰皿に肩が触れ、一番上の灰皿が落ちてきた。

「あっ!」

灰皿を受け止めようと、早苗は慌てて身体をひねり、手を伸ばした。けれど、それより早く透の大きな手が伸びてきて灰皿を受け止める。

「ごめんなさい。不注意で」

自分の身体のすぐ脇に透の腕がある。それだけでとても彼を意識してしまって、早苗の鼓動は乱れた。

「いや……」

呟《つぶや》き、受け止めた灰皿を早苗から離れたカウンターの別の場所に置く。その足がやはりどこかおかしい。

「足……。痛みますか?」

「たいしたことはない。打撲《だぼく》だろう」

「駄目です。そんな素人《しろうと》判断。ちゃんと病院に行ってください。私のせいでマスターの足が……」

とりあえず、冷やさなきゃ。水……。それとタオル……

早苗は立ち上がり、断りもなしに厨房《ちゅうぼう》へ入ろうとした。

「透だ」

背後から透に声をかけられる。

「え？」

「俺の名前」

「あっ……」

かあっと、全身が熱くなった。

どうしようもなくどぎまぎしていると、伸びてきた透の指で頬《ほお》をそっと撫でられた。そこから電流を流し込まれたみたいに、早苗はびくんと肩を揺らす。肩が揺れたとたん髪がさらりと胸の前に流れた。

頬の上にあった透の指が流れた髪に移動する。柔らかく一房《ひとふさ》掴《つか》みあげられ、早苗はまたびくりと身体を揺らした。

「えっと……。と、透さん……」

なんだろう、この状況……

私……

心臓がこれ以上ないくらいに早鐘を打ち、痛いほどだ。あまりにも痛いから手を当てたいのだけれど、早苗の腕は何故か上がらない。

「綺麗な髪だ」

やっぱり、朝の占いに従って、髪を縛らずに来てよかった。早苗はもう、めまいがしそうなほど胸を高鳴らせ、透の次の行動を待った。

「君が無事でよかった。俺を庇《かば》うみたいな馬鹿な真似して……。俺は……」

髪を指で絡め取られた。普段店内にいるせいだろうか、彼の手は陽に焼けておらず白い。けれど水仕事が多いせいか、荒れている。

その荒れた手にハンドクリームをつけてあげたい。早苗はそんなことを考えながら、そっと彼の手に自分の手を重ねていた。

「君が……」

ぐっと透の顔が近付く。間近にある彼の瞳は黒曜石《こくようせき》みたいに輝いていて綺麗だ。なんだか白馬の王子様ならぬ黒馬の騎士様みたい……。そして私は騎士に助けられたその辺の村娘で……。

早苗の鼓動がどんどん速くなる。透の存在が近すぎるし、この雰囲気がなんだか怖いくらいで、どうしていいかわからなくなる。

次の瞬間、不意に強く抱きしめられた。

な、何……。えっと……

なんでいきなりこんな？

ここに来る途中で見たカップルのキスシーンを思い出す。

羨《うらや》ましいと思ったたし、透にこんな風に抱きしめられたら幸せだろうとも考えた。

けれど現実になると、驚きのほうが勝ってしまって身体が硬直する。

私、からかわれている？

どうして？　どうして？

抱きしめられる理由がわからなくて、ぐるぐるする。

気持ちが昂《たか》ぶって、早苗は何故だか泣きたくなった。

「君が……、本当に無事で……」

掠《かす》れた透の声が耳に入ってきて、早苗は無意識に彼の背中に腕を回していた。まるでそれを待っていたかのように透はさらに早苗をきつく抱き、うなじに顔を埋めてきた。

「あっ……」

小さく早苗は声を洩《も》らしてしまう。出そうと思って出したわけではない。透にこんなことをされて、びっくりしたのだ。

透が触れている場所から全身に甘くて熱いものが広がっていく。次第に呼吸が浅くなる。

透はふと顔を上げ、どこか困ったような、それでいて怒っているような表情で早苗を見つめた。

その目に見つめられていると、何もかもが真っ白になってしまいそうで早苗は思わず目を瞑《つむ》る。

するといきなりキスされた。

えっ？　ええっ……

早苗は激しくうろたえる。しかし、自分が目を瞑ったから透が誤解したのかも、と思うと、申し訳なくて拒めなかった。

拒もうにも、もう身体が言うことをきかない。それに……

やはり嬉しかったのだ。いきなりだったから驚いたけれど、心の奥でずっとこうされるのを望んでいた。

ずっと、ずっとマスター、ううん、透さんにこうして、私……

早苗はまだ混乱していたけれど、透の唇は閉ざしたままの早苗の唇を開けさせるように、下唇と上唇を交互に軽く啄《ついば》んでくる。

唇を開けろと訴えているのだろうか。あまりにも久々のキスに早苗は戸惑うばかりだ。

やわやわと唇を噛まれているうちに、早苗の全身が熱くなる。

それはどこかもどかしい熱さで、どうせならもう蕩《とろ》けてしまいたい気分だ。

それには……。私が……

恥ずかしくて仕方なかったけれど、早苗はおずおずと唇を開いた。とたん、透の弾力のある舌が侵入してくる。

「んっ……」

早苗は鼻にかかった声を洩《も》らしてしまう。それだけ強烈で刺激的だったのだ。透の舌は早苗のそれを素早く絡め取り、誘う。

誘われるまま舌を突き出すと、きつく吸われた。身体の中のものまで吸いだされそうな気がして、早苗はまともに立っていられなくなる。

なんだか息がうまくできず、酸欠を起こしそうだ。少し息を吸わせてほしい。休ませてほしい。

でないと……

でないと……私、どうにかなっちゃう。

足元が覚束《おぼつか》ない。早苗はきゅっと透の背中に回した手に力を入れた。シャツにしがみつくと手触りが心地いい。

「はっ……」

甘い溜息を洩らして、透がやっとくちづけを解いてくれた。けれど、それは、ただの息継ぎで、すぐにまた唇を奪われる。

口の中が甘さでいっぱいになり、早苗の全身は甘く痺《しび》れだした。

早苗の背中にあった透の手が腰に移動した。そのままカウンターに押し付けられる。

えっ？　あ……。これって……、このまま私……

こんな場所で？　という驚きと嬉しさと戸惑い、それらが一緒くたになって早苗を襲う。

駄目、やっぱり駄目……

告白もしていないし、されたわけでもない。

その事実に気付き、早苗はハッとする。

「……っ、あっ……」

深く絡んでいる透の舌から逃れ、意思表示をしようとするのだが、早苗の唇から零《こぼ》れ落ちるのは、艶《つや》めいた吐息ばかりだ。

せめて好きだと言ってほしい。嘘でもいいから言ってほしい。

そもそも、透はなぜ自分にキスしてきたのだろうか？　ただなんとなくそんな気分になって、身体の欲求だけでされているとしたら悲しすぎる。

このまま流されちゃ駄目だ。彼の気持ちを確かめたい。

そうよ。確かめなきゃ、私……

透の背に回していた手を離す。ただ離すだけなのに、硬直したようにうまく動かない手がもどかしかった。

それから唇を離そうとしたら、透のほうから離れていった。

「すまない」

まるで早苗の気持ちに気付いたかのように透は呟《つぶや》いた。そのままさっと早苗から距離を取る。

「あ、えっ……」

流されては駄目だと思っていたのに、いざ離れられると寂しくて仕方がない。もっと彼に抱きしめていて欲しかったし、キスしていたかった。

そんな浅ましい考えを抱いてしまった自分が恥ずかしい。だから色々な意味で早苗は真っ赤になって、目を伏《ふ》せた。

「君が……」

「早苗です」

透は何か言いかけたが、早苗は顔を上げ言葉を思わず遮《さえぎ》っていた。

「私の名前」

「あ……。ああ」

一瞬驚いたような顔をしてから、透は微笑んだ。

自分が最初にマスターではない、透だ、と言ったのを思い出したのだろう。

「そうだな。早苗さん」

「あ、いえ、その私は別に……」

下の名前で呼ばれるのがこんなに照れくさいなんて……

衝動的に早苗と呼んでくれと言ってしまったけれど、と少しだけ後悔する。

「えっと、い、今まで通り村野でいいです」

馬鹿だ私、何言ってるんだろ。

「何故だ？」

聞き返されて早苗は困り、恥ずかしさに身体を火照《ほて》らせる。

「いや、すまない。その……」

ふっと、透の手が伸びてきて、早苗の頬《ほお》に触れそうになったが、その手は空中でぴたりと止まって、ゆっくりと元に戻された。

それが物凄く寂しかったけれど、キスを拒むような仕草を見せた自分がいけないのだ。

「はっ……」

短く息を吐き出し、透はくるりと早苗に背を向けた。

「俺は、さっきから謝ってばかりだ。なんだか……」

すまないっていうのは、突然キスしたことに対して？　だったら謝らなくてもいいのに。

私だって、キスに応えたんだし……

「あ、謝らないで下さい」

つい言うと、ほっとしたように透の背中の緊張が緩んだ。

「あ……、その……、君の気持ちは？」

「え？」

私の気持ち？

どうしよう。今、好きって言ったほうがいいの？

「君の気持ちも考えないで俺は……いきなり……」

そう掠《かす》れた声で言った透の唇が、キスの名残で濡れて光っていた。

私の唇もあんな風に濡れてるんだろうか？

そう意識すると、顔が赤くなる。

それに……

君の気持ちを考えないでって……

早苗は自分にとても都合のいいように透の言葉の先を想像し、恥ずかしくなる。

どうしよう、ともじもじしはじめた時、店の電話が鳴り響いた。

その音に早苗は飛び上がりそうなくらい驚いたが、透も我に返ったような顔をして電話のほうを見た。

「すまない」

電話から視線をすぐに早苗に戻し、透はまた謝罪の言葉を口にし、電話に出た。

「はい。『オアシス』です。……ああ。兄貴……。何？　彼女とまた喧嘩《けんか》？」

「あ、じゃあ、私帰ります」

なんというタイミングだろう。早苗は残念な気持ちとほっとした気持ちの両方を抱えながら、身体を翻《ひるがえ》す。

「おい」

次の瞬間、透に呼びかけられた。電話はもう終わっている。兄貴と電話で呼んでいたから、身内の気安さですぐに切ることができたのかもしれない。

「は、はいっ」

ぎくりとして早苗は足を止めた。

「気をつけて帰れ。また……。明日」

「はい」

投げかけられた言葉の優しさに早苗は嬉しさを隠しきれず、笑顔で答えた。

「ああ。やっぱり君の笑顔はいいな」

早苗につられたように笑った透の顔のほうがずっといい。

早苗はそんな風に思いながら、笑顔のまま裏口に通してもらい、外へ出た。

明日って言ってもらえた。また明日って……

舞い上がりそうになる。

謝ってくれたし、なんだか……

あのまま電話がかかってこなければ、いい雰囲気だったかも。

それは都合のいい解釈《かいしゃく》かもしれないけれど、嬉しくて仕方ない。

ともかく、また明日って言われたから、嫌われてはいないはずだ。

それに……。やっぱり今日の占いは当たっていた。髪を褒《ほ》められた。縛らないで正解だった。笑顔もいいって、言ってくれてたっけ……

それにキスも……

キスされた唇がなんだか痺《しび》れている感じがする。そっと触れると透の熱もまだ唇に残っている気がして、早苗は慌てて指を外す。

たとえ自分の指でも、何も触れさせたくなかったのだ。

あのまま電話がかかってこなかったら、ひょっとして……

いやいや、それは駄目……

と、なかば浮かれる気分を抑えられないまま早苗は帰り道を急いだ。

四

『今日の山羊《やぎ》座のラッキーカラーは紫。ラッキーアイテムはノートパソコン。思いがけない出来事があるかもしれません。それはあなたにとってストレスになりそうですが、前向きに対処してください。ストレス解消には、よく睡眠を取ること』

いつもの受付ブースの中、朝から溜め息をついたりにやけたりの繰り返しで、早苗は落ち着かない。手にした紫色のハンカチを何度も握り締めてくしゃくしゃにしている。

「ちょっともう、しゃんとしてよ。なんなの、さっきから？」

相川が自分の肩を揉みながら呟《つぶや》く。

雨のせいか今日は訪問客がほとんど来ず、今もホールには警備員以外誰もいなかった。

「す、すみませんその……」

何から話していいのかわからなかった。

透とキスしたのはつい昨日。そして、浮かれた気分のまま目覚めて出勤しようとした時、近所の主婦が訪ねてきた。

栗野という六十代の彼女は、早苗にお見合い話を持ってきたのだ。

遅刻しちゃうからと言って話を切り上げようとしたが、写真を突き付けられた。

断ってもいいと口では言っていたが、先方が乗り気だとか、そこそこ大きな病院の息子で本人も医者だから、条件はいいとかまくし立てられた。

条件がいいと言われても嫌だった。透が好きなのに、見合いなんかしたくない。

運悪く、早苗の両親はヨーロッパ周遊旅行に二週間ほど出かけていて、すぐに連絡は取れない。この手の面倒事は母に任せたいところだけれど、すぐにはそれが叶わなかった。

仮に連絡がついたとしても、「とりあえず話のタネに受けてみろ」と言われそうだ。

いつだったか母に、見合いでもしたら？　と言われたのを思い出す。井戸端《いどばた》会議の話の流れで「早苗に見合いさせるのもいいかも」と母が栗野に言った可能性もある。

「ふーん。なるほどね」

透とのキスの件は省いて相川に説明すると、彼女はにやりと笑った。

「その近所の人って、見合いとか仲人《なこうど》好きの人？」

「はい。そうです。噂では毎年最低十件は成立させているみたいで……」

早苗が中学生の頃から、見合いや仲人好きな人として栗野は近所でも有名だった。

「でも、それはその方の趣味だし、嫌なら見合いはとっとと断っちゃえばいいじゃない」

「もちろん。そのつもりです。でも、どう断ればいいか……」

そう答えると、あきれたように首を振られた。

「まだ早いから、とか、好きな人がいる、とか適当に理由をつければいいんじゃないの?」

「ええっ!」

思わず大きな声を出してしまう早苗。

「しっ。声が大きい。いくら今、ロビーに誰もいないからって……」

「はい。すみません」

早苗は肩を竦《すく》めた。

「でも、ただ好きな人がいるっていうだけで、両親が納得してくれるかどうか……。会わせろとか、どういう人物なのかって聞かれるかも……」

「好きな人」という言葉に動揺した早苗は、栗野のことを相談していたのをすっかり忘れて自分の世界に入ってしまう。早苗の脳内は、両親に透との関係がバレた時の心配でいっぱいになる。

早苗の両親――特に母親は一言でも好きな人がいるとか、付き合っている人がいるなんて言おうものなら、会わせろ写真を見せろ、と大騒ぎするタイプなのだ。

相川が言うように、単純に「見合いなんてまだしたくない。だからせっかくのお話だったけれど、断っておいた」と報告するだけでいいのかもしれない。でも、口下手な自分がうまく誤魔化せる気もしないし……

「なんでそこで両親の話が出てくるの？」

「え？　あっ……」

早苗は真っ赤になる。

やだ私……、動揺しすぎている……

「とにかく……、そんなに悩んでるんなら、それこそあなたが通ってる店で占ってもらえ……」

そこまで言いかけて相川は口を閉ざした。

何故だろうと気になり、相川の視線のほうを見ると、玄関の自動ドアの向こうに人影が見えた。

相川に倣《なら》って早苗も気を引き締め、姿勢を正した。

ドアが開き、男が一人入ってくる。

その男を見て早苗はあっと声を出しそうになった。

朝、写真で見たばかりの見合い相手の岡田《おかだ》だったのだ。

彼は真っ直ぐに受付に来ると早苗を見て笑みを浮かべる。

「君、村野早苗さんだよね」

「は、はい」

早苗も笑顔で答える。何をしに来たんだろうかと、一瞬顔が引き攣《つ》りそうになったが、相手がどんな用件だとしても受付にいる限り、笑顔を絶やしてはいけない。

「写真で見るよりいいね。どうしても直接顔を見たくて来てみたんだけど……。めんどくさいから見合いなんて飛ばして婚約しませんか？」

岡田が言ったとたん、相川が息を呑み、早苗の笑顔が凍りついた。

「お客様、個人的なご用件はここでは承《うけたまわ》りかねます」

衝撃のあまり声も出ない早苗に代わって、相川がとっておきの笑顔で答える。

相川の「とっておき」は目が笑っていないのだ。

「あー。今、仕事中かぁ」

岡田の言葉に相川の笑顔がますます怖くなる。仕事中かどうかなんて、そんなの誰が見たってわかるだろう、とでも言いたげな雰囲気を醸《かも》し出していた。

早苗はただただパニックになって固まり続けている。

なんで、いきなり？

えっと……。私どうしたら……

「でもマ……母がさあ、早く結婚しろってうるさいから、今もう決めちゃったほうが早いかなって思ったんですよ」

彼の年齢は確か三十歳だったはずだけれど、なんて子供っぽい話し方をするんだろう。

それに今「ママ」って言いかけなかった？

ああ、どうしよう……

早苗はだんだん気分が悪くなってきた。

相川と岡田のやり取りが、まったく耳に入ってこない。

「大丈夫？」

そう言って相川にポンと肩を叩かれ、やっと岡田がいなくなっているのに気付けた。

「顔色悪い。っていうか、あんな男と見合いなんて……。と、いうか直接押しかけてくるなんて……、絶対なしね」

早苗より相川のほうが憤慨《ふんがい》している。

「そ、そうですよね」

なんとかうなずき返す。

まるで貧血でも起こしたかのように、なんだかくらくらするし、全身に力が入らない。

「やっぱり顔色悪い。今日はもう早退したら？　帰って栗野さん家に怒鳴り込むもよし、例の……」

と、相川は口元を少し綻《ほころ》ばせて言葉を続けた。

「マスターのいるお店に行って、占ってもらうもよし」

「そ、それじゃあ、さぼることになっちゃいます。駄目です」

慌てて首を振ったが、相川は笑顔を崩さない。

「気分が優れないのは事実でしょ。ねぇ、今度その店に私も連れて行って。マスターを紹介して」

「ええっ！」

早苗はさらに首をぶんぶんと振った。その結果、くらりと眩暈《めまい》に襲われる。

「ほら、そんなんじゃ仕事にならないじゃない。無理して、いてもらってもこっちが困るのよね。届けは私が出しておくから」

背中をどん、と押されて早苗は受付ブースから出されてしまった。

押された背中が暖かい。

わざと強く言って帰してくれたのだと気付き、早苗は相川にお辞儀《じぎ》をして、更衣室へ行った。


『オアシス』の軒先《のきさき》で傘を畳み、早苗はしばし店の前で立ち尽くす。

どうしよう。やっぱりやめようかな……

相川の好意に甘えて会社を早退し、一度は家に帰った。相川はおそらく真っ直ぐ『オアシス』へ行かせるつもりで言ってくれたのだろうが、やはり気が引け、直接『オアシス』には行けなかった。

占いでも『睡眠を取ること』と言っていたから、家で寝ようと思ったのもある。

しかし、家に入ったとたん、栗野が訪問してきて、「今日早苗ちゃんの会社に岡田さん行ったでしょ？　すごく気に入ったって、言ってたわ。それで、結納いつにする？」と話しだしたのだ。

せめて両親が旅行から帰ってくるまで待ってくれと言い、なんとか栗野にお引き取り願ったあと、早苗は居ても立ってもいられずに、家を出て結局『オアシス』に来た。

「はあ……」

大きな溜め息が早苗の口から洩《も》れる。

また明日、と昨夜の帰り際、透は言ってくれたし、こんな問題を抱えている今こそとても彼に会いたい。

けれど、気恥ずかしい。昨日の今日なのだ。そんな思いが入り混じって、ドアを押せない。

やはり引き返そうか。

逡巡《しゅんじゅん》していると、カランとカウベルを吊るした『オアシス』のドアが開いた。

「どうした？　風邪ひくぞ」

透だった。内側からドアノブに手をかけ押し開いた姿で、早苗を見て、少し顔を曇らせている。

「あ、はい」

軒下にいたといっても、傘を閉じたまま立っていたから、早苗の肩に雨が少し降りかかっていた。

「今、タオルを用意する」

そこまで言われて帰るなんてとてもできなくて、早苗は店に入った。

午後二時過ぎ。ランチタイムも終わり、客はまばらだが、卓巳の占い待ちと思われる女性客が数人いる。

占いをしていた卓巳は入ってきた早苗を見て、軽く手を振る。

五時を回った時間なら会社帰りだから当然私服だが、こんな半端な時間に私服で訪ねてきた自分を、透は不思議に思っているようだ。けれど、あえて何も尋ねてこない。いつものようにカウンターに座ると、ぱさりと頭の上にタオルをのせられた。

さらに「特別だ」と言って、温かいコーンスープを出してくれた。

なんだか不思議で贅沢《ぜいたく》な気分になる。

「特別？」

「ああ。村……、今の早苗さんにはそういうものが必要そうだ。ランチにも来なかったし」

名前を言い直してくれたのが嬉しくて、早苗は微笑んだ。店に入る前は昨日のことがあったから顔を合わせるのが恥ずかしいと思っていたけれど、こうして会ってしまうと、そんな気分はどこかへ行ってしまう。

岡田の件も一瞬忘れるくらい、早苗は幸福に浸《ひた》れた。

それにランチに来なかったことを気にかけてくれていたと思うとほんわかする。

透はその後はなにも言わず、客の注文に応えてレモネードを作ったり、コーヒー豆を挽《ひ》いたりしている。

会話らしい会話はないけれど、とても心温まる時間が過ぎていく。

「厄介事《やっかいごと》か？」

コーンスープを飲み終わるタイミングで、透がいつものキャラメルティーを出しながら聞いてきた。

「うん」

やっと聞いてくれた、と嬉しくなる。

今までの早苗なら自分から会社であったあれこれなどを勝手に語っていたのに今日に限っては言い出しにくい。

我ながら勝手だな、と思いつつ口を開く。

「あの……」

早苗はおずおずと透に岡田との見合いの件を語った。

「見合い？」

早苗の話を聞き終わったとたん、透の頬《ほお》が微《かす》かに引き攣《つ》ったように見えた。

少しは嫉妬《しっと》してくれたのかな、と淡い期待を覚えてしまう。

「そんな自分勝手な相手は、とっとと断ればいい」

当然そう答えるだろうと思っていた。しかし、なんだかがっくりする。

あっさりしすぎな透の答えに早苗は少々不満を覚える。

「でも断っても、なんか駄目な感じで……。下手すると両親が帰ってくるのを待たないで結納までさせられそうで……。だからその……」

透としゃべるのが何より楽しいし嬉しいけれど、早苗としては占いでアドバイスがほしいという気持ちもある。

「卓巳に占ってほしいのか?」

早苗の心を見透かしたように透に聞かれる。

「そ、それは、占ってもらいたいけれど……」

早苗は複雑な思いに囚《とら》われる。

「あいつはやめとけ」

「え?」

何故?　と早苗は首を傾げる。彼の占いは当たるんじゃなかったの?

透自身がそう言っていなかっただろうか。

「ああ、いや……」

早苗が不思議そうにしたせいか、透は軽く唇を噛み締め、何か言葉を呑み込んだ。それからふたたび口を開く。

「とにかく、あまり占いに頼るのはよくない。だいたい、この問題はその栗野さんとかいう仲介者を通すからいけないんだ。直接、相手に会って断ればいい」

それができたら苦労はしない。それに一人で断りに行くのはなんだか勇気が出ない。

「それから、俺は力になれない。自分のことは自分で考えて行動したほうがいい」

そんな思いが顔に出ていたのか、透に釘を刺されてしまった。

早苗の心の中に冷たい風が吹いたようだった。

そりゃ、キスはしたけれど私達はまだ付き合っているわけでもないし、彼がそう言うのはわかるけれど……どうしてもへこんでしまう。

「あー。ちょっと休憩《きゅうけい》」

透と早苗の間にできた冷たい雰囲気を和ませるように、コキコキと肩を鳴らしながら卓巳がやって来た。

「ふー。今のは疲れたわー。次の予約までちょっと時間あるし、ほんと少し休まないと……って、何？　早苗ちゃん、見合いの断り方の相談？」

いったんカウンターの中に入り、卓巳は自分用にコーラを注《そそ》ぎ一息に飲み干す。

「占ってあげてもいいよ。次の時間までね」

「えっ、いいんですか？」

早苗はつい弾んだ声を上げてしまう。

透を知ったのも占いを信じたからだ。そのあとこうして話すようになったのも、占いに従ってランチする場所を変えたから。

だから早苗はやはり占いを信じている。

「おい、卓巳」

透は逆に、重くてきつい声を出す。

「なんすか？ お金は取りません。あれ？ お店的にはもらったほうがいいのかな？」

「卓巳、そういう問題じゃない」

透はさらにきつい声で言うが、卓巳は聞く耳を持たない。

「だって、早苗ちゃんがかわいそうじゃん。深刻なんでしょ？」

早苗は微《かす》かにうなずいた。

「ほらね」

早苗の様子を見て、卓巳は我が意を得たり、という顔をする。

「おいで、早苗ちゃん占ってあげる」

卓巳は早苗の手を取ると、占いスペースに引っ張っていく。

「え、えっえっ……」

本当にいいのだろうか？

占ってもらいたいとは思ったけれど……

ちらりと振り返ると、ものすごく機嫌が悪そうな雰囲気を漂わせている透がいた。透を見ていると止めたほうがいいのだろうと思う。しかし……

「勝手にしろ。だが俺はやめろと言ったからな」

そう吐き捨て、透は厨房《ちゅうぼう》に引っ込んでしまった。

怒らせちゃった？　そんなに卓巳さんに占ってもらうのは駄目なの？

透が気がかりだったけれど、卓巳はやる気まんまんで、まだ迷っている早苗を自分の目の前に座らせた。

「ちょっと、私の番じゃないの？」

栗色に髪を染め、派手な化粧をした女性が、早苗を占おうとタロットに手を伸ばした卓巳の手首を掴《つか》んだ。

口をきいたことはないけれど、卓巳の取り巻きの一人で、ちょくちょく店で見かける顔だった。

二十六になる卓巳よりも年上に見える女性だ。

「理子《りこ》ちゃんは四十五分からでしょ。休憩《きゅうけい》中に何しようと俺の自由だと思うけどなぁ」

卓巳が少し口を尖《とが》らせる。

すると、理子は苦笑した。

「ふーん。仕方ないなぁ」

なんとなく年上の女の余裕を見せなければ、という演技がかった言い方だったけれども、理子は身を翻《ひるがえ》した。

いいのかな？

早苗は背中に冷や汗が流れるのを感じだ。厨房《ちゅうぼう》から顔を出した透が苦々しい顔をしてこちらを見ている。

透の顔つきといい、理子を待たせてることといい、占ってもらってはいけない気がしてきた。

「さ、占うよ」

しかし、その思いも卓巳の一言で吹き飛んでいった。

「で、卓巳の占い、どんな結果だった？」

占いが終わってカウンター席に座った早苗に、透が声をかけてくる。カウンターには『占いセット』の紅茶を置いてくれている。

「え、あ……。それが……」

言い出しにくい内容で、早苗は口ごもる。

「いや、無理に言わなくても……」

まだ怒っているのか、早苗に気を遣っているのかわからないが、透はそれだけ言うと、ホールへ出て、帰った客のテーブルを片付けはじめる。

早苗は言おうか悩みつつ、しばらくの間、落ち着きなく店内を見回していた。

数十分後占いが終わったようで、理子が卓巳に見送られて帰っていく。

なんとなく見ていると理子と一瞬目があった。睨《にら》まれたような気がして、早苗は肩を竦《すく》める。

「早苗ちゃん、お待たせ。仕事は終わったから、さっそくデートしよっか」

理子を見送りドアをしめたとたん、卓巳は早苗を振り返った。

「どういうことだ？」

カップを下げに来た透の眉が寄せられる。

「あー。さっき占ったら、お見合いを断るには、誰か他の男性と付き合うふりだけでもするといい。そうすれば向こうが諦《あきら》めてくれるって出たんだけど、早苗ちゃんには『付き合うふり』に付き合ってくれる男性がいないみたいだから、俺ととりあえずデートすればいいかなって」

卓巳は屈託《くったく》なく微笑む。

「ちょ、ちょっと待ってください。私まだ……」

いくらそういう占い結果だといっても、卓巳とデートする気にはなれなくて、早苗は慌てる。

同じデートなら透としたい。たとえ『ふり』でも相手が透ならどんなに楽しいだろうか。

「なんだ？　その結果は？」

透はますます眉を寄せ、目つきまで怖い感じになる。

「何？　先輩、俺の占いを信じてないんですか？　俺が嘘を言うとでも？　なんか心外だなぁ」

「いや、疑ってるわけではないが……。けれど……」

透は苛立ちながらカウンター内へ引き揚げ、カップを荒々しく洗いはじめた。

二人のやり取りを早苗は、はらはらしながら見つめる。

「デートだなんて……」

荒々しく透は吐き出す。

早苗は一瞬期待する。透が「俺がお前とデートしてやる」と言ってくれるのを。

いっそのこと今、自分から透に頼もうかとも考える。恥ずかしいし、本当だったら『ふり』じゃなくて本物のデートがしたいけれど、言い出せない。

早苗は祈るような気持ちで透を見た。

「君はそれでいいのか？」

「え？」

それって……

いいも悪いもない。本当にデートしてくれるような相手はいないし、占いの通りにしてあの岡田が諦《あきら》めてくれるのなら、卓巳とデートするのが得策に思える。

その思いが顔に出ていたのだろう。

「だったら仕方ない」

透は難しい顔で言った。

突き放された気がして、早苗の胸の中に冷たい風が吹く。

「そ、そうですか……。そうですよね」

早苗は引き攣《つ》った笑みを浮かべた。

「デートのふりをすれば、見合い話が流れるのなら、私……」

「うん。俺とデートすればいいよ」

「はい。そうします」

卓巳から顔を覗《のぞ》き込みながら言われて、つい早苗は答えていた。

これではまるで透へのあてつけではないか。そう感じたけれど、なんだか妙に意地を張りたくなっていた。

＊　＊　＊

ガチャ。

やや乱暴に早苗の前に本日のランチBが置かれた。

ああ。やっぱり透さん怒ってる……

目もまともにあわせてくれない。これはもう怒っている、と断定してしまってもいいだろう。

昨日は気まずくなって、卓巳とデートもせず、あのあとすぐに帰ってしまったのだ。きちんと透と話したいけれど……

しかし、何をどう話せばいいんだろうか？

今だって、ずっとしゃべってくれない。

今日来ても、気まずい思いをすることになるのはわかっていたけれど、それでも彼の顔を見たくて、こうしてランチを食べにきた。

「早苗ちゃん。じゃあ、とりあえず今日からデートね。五時半に駅でいい？」

卓巳に声をかけられた。

「え、はい」

透の目が気になったけれど早苗は返事をする。

ガチャ。

返事をしたとたん、さっきよりも乱暴に紅茶が早苗の目の前に置かれた。

「あの……」

いたたまれなくなって、早苗は透に声をかける。

「今、忙しい」

透の返事はそれだけだ。さっと厨房《ちゅうぼう》に引っ込み、早苗の前から姿を消す。

今日、早苗は昼休みを、相川の後、十二時半からとっている。

だから店にいるランチの客も減ってきて、透がそこまで忙しくないとわかる。

なのに……

あからさまに避けられたと感じ、早苗の気分は一気に下降する。

なんだか涙が出てきそうだ。

それでも早苗は必死に涙をこらえる。店の中で泣くなんて、他の客にも変な目で見られてしまう。

けれど堪《こら》えきれずに一滴涙が頬《ほお》を伝った。

「おい」

いつの間にか厨房から戻ってきた透の、困ったような声がした。

「泣くくらいなら、占いなんかに頼らなきゃいい。好きでもない相手とデートしようなんて……」

早苗の涙の理由を透なりに考えた結果の言葉だろう。しかし、彼の間違った解釈《かいしゃく》に、早苗はさらに泣けてきた。

「別に……好きでもない相手って……、卓巳さんのこと嫌いなわけじゃないし……」

強がりと、彼に対して反発する気持ちから、そんな言葉が出てしまう。

「彼の……、占いの言うとおりにすれば、あの変な見合いがなくなるんだったら私……」

「そんなに占いが大事か？」

男らしい眉をくいっと寄せて、透が呟《つぶや》く。

「は？」

「もっと自分で考えたり、行動したり、君はしないのか？」

透だって占いを人に教えられるほどできるのに、彼がなぜ占いを否定するような台詞《せりふ》を言うのかわからなかった。

「どうして……」

堰《せき》を切ったように、早苗は涙を大量に流してしまう。

「どうして、そんなこと言うんですか？　う、占いを信じることは、そんなに悪いですか？　卓巳さんの占いは当たるし……、それに……」

それに……、なんて言いたいんだろう、私？

子供のように涙を拳《こぶし》で拭《ぬぐ》いながら、早苗は頭の片隅で思う。

「それに……、私だって、占いばかり気にしてて馬鹿だなって、わかってるけど……」

もう、なんだかぐちゃぐちゃぐちゃになってきた。

カウンター席に座っていて、他の客に背を向けているとはいえ、様子から早苗が泣いているとわかるのだろう。

常連のサラリーマンの、「マスター、早苗ちゃんをいじめて泣かしてるのか」という声が聞こえてきた。

「いや、俺は……」

うろたえた透の声もするけれど、うつむいて泣いている早苗には彼がどんな顔をしているかはわからなかった。

「か、帰ります」

もう、これ以上この場にいられなかった。泣いてしまったのも恥ずかしいし、透ともなんだかうまくいかない。

「おいっ。待て俺が……」

「早苗ちゃん？」

透が何か言いかけたところに卓巳の声が重なった。他の客にサーブしていたのだが、様子が変なのに気付いたのだろう。

「お金、ここ置いておきます」

カウンターにランチ代を置き、早苗はそのまま透も卓巳も無視して店を飛び出した。

五

『今日の山羊《やぎ》座のラッキーカラーは黒。ラッキーアイテムは傘。仕事が順調だからと言って油断は大敵です。思わぬ人からの告白があるかもしれません』

まばゆいばかりの夜景が早苗の目の前に広がっている。

新宿の高層ビルにあるレストランの中、早苗は綺麗だけど、どこか悲しい夜景を見つめていた。

「ごめんね。なんか早苗ちゃん、つまらなそうだね」

その声に視線を戻すと、目の前に座る卓巳が困った顔で笑っていた。

「あ、いえ、毎日色々なお店に連れてきてもらって感謝しています」

卓巳と付き合っているふりを続けて、もう四日になる。その間、早苗は『オアシス』

には顔を出しにくくて行っていない。

朝、公園を通って出勤するのも、やはり顔を合わせ辛くてやめてしまった。

透の顔を見ないで過ごす四日間が、こんなに寂しいとは思ってもみなかった。卓巳は いつも優しくエスコートしてくれるけれど、楽しくはない。

決して卓巳を嫌いなわけではないけれど、やはり心は浮き立たない。

どんなに素敵な店で綺麗な夜景を見て、美味しいものを食べても、決して満たされないのだ。

こうしている間も、透は怒っているかも、と考えて胸がキュッと痛くなる。

「本当は俺じゃないほうがいいんだよね」

ふっと溜め息を落とし、卓巳は頬杖《ほおづえ》をついた。

早苗はどきりとする。そういえば卓巳には透が好きだとばれていたのだ。

「それにさ、まだ見合い……ていうか自称婚約者? と、仲人《なこうど》のおばさんがうるさく言ってくるんだろ?」

「はい。両親はまだヨーロッパだし……何も状況を変えられてなくて……」

自称婚約者の岡田は、たまに早苗の自宅に電話をかけてくる。

見合い用の早苗の釣り書きに、家の電話と住所と勤め先を記入してあるから、その情報を頼りに接触してくる。

ナンバーディスプレイのおかげで岡田からの電話には出ないで済むけれど、もう限界だった。

いつになったら、この生活は終わるの……

「そうだ」

卓巳の声で、ぐるぐると回り続ける早苗の考えは中断された。

「はい。なんでしょう？」

「いっそのこと、本当に俺と付き合えばいいんじゃ？　そしたら俺の彼女に手を出すなって言えるしさ。そのほうがてっとり早いし、よくない？」

「え？　な、何を。冗談はやめてください。あ、でも卓巳さんが私の彼のふりをして、一緒に岡田さんや栗野さんに会って断ってくれれば……」

軽い口調の卓巳に早苗も笑って軽口をきく。

「そうそう。いいと思うよ。俺、早苗ちゃんのこと好きだしさ」

にこりと笑ってウィンクまでする卓巳。

早苗はぷっと噴き出した。

思わぬ告白……

朝の占いを思い出す。

とはいえ今のは、卓巳のいつもの軽い冗談だろうけれど。

「笑うことないだろ。ま、いいけどね」

「ごめんなさい」

冗談だろうが、即座に笑ってしまったのは悪かったと早苗は頭を下げる。

「あーあ。やっぱ透先輩が好きなんだね。店に来た最初から好きだったよね」

改めて言われると恥ずかしい。

「う……ん」

「ま、いっか……」

卓巳はあっけらかんと笑った。しかし早苗は笑えない。

一瞬とはいえ、卓巳に彼のふりをしてもらって岡田や栗野に断りを入れるのはいい考えだと思ってしまった自分の浅はかさに気付いたからだ。

本当の彼でもないのに、そこまでしてもらえないし、もしかしたら卓巳が岡田から恨《うら》みを買うかもしれない。それに、これ以上卓巳に迷惑はかけられない。

そんなことを考えている早苗の向かいで、卓巳は静かに食後のコーヒーを飲む。

セットのコーヒーではない。しかも千円近い値段のコーヒーだ。早苗の前にも同じくらいの値段の紅茶が出されている。

申し訳ない。本当に高いお店で奢《おご》ってもらってばかりいる……

早苗は気が引けて仕方ない。

「あ、あのお茶代は私が出します」

思わずそう言うと、卓巳に豪快《ごうかい》に笑われた。

「平気平気。俺、占いで随分稼いだし。実は来週末から先輩のカフェを出て、よそで占い専任で働くんだ。常連さんが、まあオーナーというかパトロンというか……になってくれて。その人お金持ちで、色々ビルとかマンションとか物件持ってるんだけど空き部屋ができたんだって。で、そこで占い専門店をすることになったんだ。ネットで有料占いサイトもはじめたし」

早苗は驚いて目を丸くした。

「そ、それはおめでとうございます」

「うん。ありがとう。そんなわけで、もう来週から『オアシス』の店員じゃなくなるんだよね。もちろん透先輩には話してあるし、一応快《こころよ》く送り出してくれる」

一応、という言葉に早苗は引っかかった。

やはり、自分が岡田のことを占ってもらったのが原因で、関係があまりうまくいっていないのだろうか……

「あの……」

「あ、いや早苗ちゃんが気にすることじゃないよ。先輩は元々仕事で占いをするのには否定的だし」

卓巳の観察眼はやはり鋭いと早苗は思う。

早苗が何を考えているのか、すべてお見通しなのだ。

「なんか俺にはわからないポリシーがあるみたいで……。占いでは本当の意味では人を救えないとかなんとか……。ま、そんなんだから、これからは何かあったら、ここに来て。今まで通り直接電話くれてもいいんだけど」

卓巳は名刺を差し出した。その名刺を受け取りながら早苗は今のは嫌味だろうかと考える。

何故なら今まで一度も早苗から卓巳に電話をかけたことはないからだ。

「あ……」

いきなりあることに気付き、早苗は小さく声を上げていた。

「何？」

「あ、いえ、ちょっと……」

「んっ。じゃ聞かない」

卓巳は言葉通りそれ以上聞いてこなかった。聞かれたら困る内容だったので早苗はほっとする。

早苗が気付いてしまった「あること」、それは……

透の電話番号を知らない、という事実だった。透と毎日のように店で話し、すごく親しい間柄になった気になってたけど……実際はそんなことないのかも。

いきなり悲しみが込み上げてきて、もう卓巳と会話を続けていられなくなった。

「あの、ごめんなさい。今日は帰ります」

「早苗ちゃん？　あ……。うん。そうだね。今日はなんか気乗りしない感じみたいだし、帰って休むといいよ」

卓巳はいつもの調子で、ひらひらと手を振った。

「んじゃ、今日はここまで。俺はコーヒーを全部飲んでから帰るよ」

「はい。お疲れ様でした」

早苗は微笑み頭を下げた。

一人でレストランを出て、夜の街を歩く。

楽しそうに会話しながら歩いているカップルとすれ違う。

仲睦《なかむつ》まじい恋人達の姿が、羨《うらや》ましくて、恨《うら》めしかった。

＊＊＊

『今日の山羊《やぎ》座のラッキーカラーはベージュ。ラッキーアイテムは指輪。ちょっとしたトラブルが起きるかもしれません。冷静に対処して。たまには本を読むといいでしょう』

ランチがつまらない。

一人で食べるのがこんなに退屈《たいくつ》なんて……

早苗は会社の近所の商業ビルの中の店で、味気ない食事をしていた。

受付という仕事柄、仲間と一緒に昼休みをとれず、入社以来、一人でランチをすることが多かったが、今までつまらないと感じた経験はなかった。

『オアシス』を知って、ほぼ毎日通い、透の顔を見ながら食べるようになるまでは、一人のランチなんてあたり前だったのに……

透に会いたい。けれど気まずくて会いにいけない。

昨夜は卓巳の送別会が『オアシス』で開かれたらしいのだが、早苗はそれにも顔を出す勇気がなかった。

「あ、村野さん」

そろそろランチを食べ終わるという時に、庶務の女子社員が二人入ってきた。

「あ、こんにちは」

「そこ、一緒にいい？」

「もちろんどうぞ」

四人がけの席にいた早苗は快《こころよ》く二人を迎え入れる。

「もう十二時なんですね」

　二人に話しかけると、彼女らはにこやかに「そうよ」と答えた。

「それにしても珍しいわね。村野さん、どこか行きつけの店があるって聞いたけど？　今日は、そこでごはんを食べなかったの？」

　なんだか痛いところを突かれ、早苗は顔が引き攣《つ》りそうになる。それでも笑顔で口を開く。

「うん。いつも同じランチじゃ飽きるし」

「そういえば村野さん、占いやってくれる店にいつも行ってたんだっけ？　予約いっぱいだって話だけど、紹介して？　常連なんでしょ？　常連の口利きなら、早めに予約回してもらえるかなー、なんて」

「あー。私も。占いはあんま興味ないんだけど、イケメンなんでしょ、その占い師。ちょっと見てみたい」

　二人とも目を輝かせて聞いてくる。

「あ、それが……。その占い師さん、独立しちゃって、もうそのお店にはいないの」

　自分が悪いわけではないのに申し訳ない気持ちでいっぱいになって、早苗は小さく頭を下げた。

「ええー。残念」

大げさに嘆《なげ》く二人に、早苗は卓巳にもらった名刺から控えた住所と電話番号を教える。

「きゃー。ありがとう」

「じゃあ、私はお先に」

まだ少し昼休みは残っていたけれど、彼女達と雑談する気にはならなくて、早苗は席を立つ。

透さんに会いたい。今からでも店に顔を出して……

出してどうするの？

彼は怒っていた……。まだ怒っているかもしれない……

でもやっぱり会いたい……

昼休みはあと少しで終わってしまうから、会社の帰りに思い切って『オアシス』へ寄って……

そう考えながら店を出ようとした時、誰かに不意に腕を掴《つか》まれた。

「ちょっと、あなたね」

きつく香《こう》を焚《た》き染《し》めた和服を着た中年女性だ。まったく見覚えのない相手だが、彼女は早苗を睨《にら》んでくる。

「他に男がいるのに、うちの息子を誑《たぶら》かさないでくれるかしら？」

「は、はいぃ？」

いきなりの言葉に早苗は裏返った声を出してしまう。

「栗野さんのご紹介だったし、写真を見た限りは……。それから息子が会いに行って、とってもかわいらしいお嬢さんで気に入った、と言うからうちの嫁にいいかと思ったのだけれど……」

「あ……」

岡田さんのお母さん？

早苗はうろたえる。

ふと気付くと母親のうしろに岡田本人がいた。まるで母親の陰に隠れているみたいだ。

「あ、あの、どういったお話でしょうか？　ここではその……」

せめてもう一度店の席につこうとしたが、三人で座れる場所はもうなかった。

「親切な方が教えてくださったのよ。あなたに付き合っている男がいるって。興信所に調べさせたら、まあ、その方の言う通り、あなたって初心《うぶ》な顔してとんでもないあばずれね。あやうく騙《だま》されるところでしたわ。そんなにわが家の財産が欲しかったのかしら？黙っていればわからないとでも思っていたの？」

「親切な方？」

何の話だろう。それに、親切な方って？

妙にひっかかったけれど、岡田の母の声が大きくて、まともに頭を働かせられない。

「誰だかなんて、あなたには関係ないでしょう！」

さらに岡田の母の声が大きくなる。ただでさえ岡田の母は和服を着ていて目立つ。なのにこの声だ。

店にいる人達が騒ぎに気付いてざわめきだす。早苗にいくつもの視線が突き刺さった。さっきまで一緒の席についていた庶務の女子社員たちも、早苗を見てひそひそ話している。

どうしよう。やだ……。どうしたらいいの？

今日の占いはなんて出ていたっけ？

朝の占い番組のアドバイスを思い出そうとするのだが、頭が真っ白で思い出せない。

「とにかく、このお話はなかったことにしますから。それでいいわね」

早苗を睨《にら》みつけてから母親は背後の息子を見た。

「うん。ママのいいようにして」

「そうよ。あなたは私の言うことを聞いていればいいの。もう人には頼まないで、私があなたのお嫁さんを探すからね。さ、行きましょう」

言うだけ言って気がすんだのか、岡田親子は去っていく。

取り残された早苗は針の筵《むしろ》に座らされた気分だ。店にいる全員が自分を見て嘲笑《あざわら》っているような錯覚にすら陥《おちい》る。

なんだか苦しくて息ができない……

＊＊＊

どうやって午後の時間を過ごしたのか、早苗は覚えていない。相川に顔色が悪いとか、笑顔が引き攣《つ》っていると言われた記憶はあるから、仕事に出るだけは出たんだと思う。

そして早苗は今、夕暮れの中、気付くと、『オアシス』の近くまで来ていた。

ここの角を曲がれば、もう店が見える。けれどその角を曲がる勇気が持てない。

なんで、私ここに来ちゃったんだろう……

その時、店のドアが開いたのが見えた。

咄嗟《とっさ》に早苗は角に隠れる。

「大丈夫ですか？　そこ、段差があるから気をつけて」

透の声が聞こえてきた。その懐かしい声に早苗は少しだけ角から顔を出し、様子を見る。

常連の足の悪い老婦人を送り出す透の姿が目に飛び込んできて、早苗の心拍数が上がった。思わず泣きそうになる。

「そうか……。卓巳くんはもうやめたのね。じゃあ、もう少し早い時間に来ても平気だねぇ」

「そうですね。何時でも、お好きな時間に」

昔からの常連は卓巳が占いをしていた状況を好ましく感じていなかったのかもしれない。二人の会話を聞いて、早苗はなんとなくそう思った。

「売り上げは少し、寂しくなっちゃうかもしれないわね」

老婦人がくすくすと笑う。

「大丈夫ですよ。昔からの常連様に贔屓《ひいき》にして頂いていますから」

「それにしても、早苗ちゃんを最近見ないねえ。あの娘《こ》は卓巳くんじゃなくてマスターと話をしにきていたみたいなのに。仕事が忙しいって理由ならいいけれど、体調でも崩していたらって……、気になるね」

老婦人の言葉に早苗はハッとした。前に、しばらく顔を出さなかった時、心配されたのを思い出す。

心配してもらったのがすごく嬉しかった。

今も老婦人のように心配してくれているのだろうか。そうならいいけれど、もうどうでもいいと思われているかもしれない。

透がどう思っているか、それはきっと、今この角を出ていけば確かめられるはずだ。

でも、できない。怖くて足が竦《すく》んで、一歩も前へ進めない。

……こういう時こそ占いが必要だ。

占ってもらおう、透さんとのこと。

ふらりと身体が動いた。

今頼れるのは卓巳しか——卓巳の占いしかない気がして……


「え？　早苗ちゃん」

戸惑いと驚きの入り混じった顔の卓巳が早苗の目の前に立っていた。

卓巳の店は、賃貸マンションの一室だった。

「もしかして、占いに来た？　まだばたばたしてて入れてあげられないんだけど……」

卓巳は玄関に立ったまま、ちらりと室内を振り返った。彼の背後にはリビングダイニングのドアがある。そこから明かりが洩《も》れていて、人がいる気配がした。

「あっ……」

誰かいるんだ、と思ったとたん、せめて電話をかけてからにすればよかったと早苗は後悔する。

「あの、えっと……」

透とどうなるのか占ってもらいたいと思って来たけれど、言い出せなくなり、口ごもる。

「えっと、その……。そう……。昼間、岡田さんが……、お母さんと一緒に来て、見合い話はなかったことにって言われました」

「え。それはよかったじゃないか。俺と付き合うふりをしたおかげだね」

「付き合うふりねー。本当に付き合いたかったんじゃないの？」

卓巳の言葉に被せるようにして女の声が響いた。卓巳の背中越しに声のほうを見ると、理子がリビングから出てくるところだった。

「ごめんねー。卓巳ったらなんてーの？　私と付き合ってるんだけど、たまーに私とは正反対のタイプをつまみ食いするんだよね」

ものすごく挑戦的な瞳で理子に睨《にら》まれ、早苗は思わず首を竦《すく》める。

「ちょ、理子……」

店にいる時と違って、理子と名前を呼び捨てにしているあたり、この二人は付き合っているのだろう。

でも、つまみ食い？　何？

「早苗ちゃん。その……、えっと、占いは本当だよ。他の男性と付き合えば向こうが勝手に諦《あきら》めるって出てた」

「でも……」

と、理子は腕を組んで言葉を続ける。

「早苗ちゃんが付き合う相手って、卓巳じゃなくてもよかったのよね。なのに卓巳が相手をしたってことは……やっぱあわよくばつまみ食いしようと思ってたわけよ、卓巳は」

「えっと、私……」

もうわけがわからなすぎて、早苗の頭は混乱した。

「でも、よかったわねー。早苗ちゃん。マザコン男と結納になんてならなくて。私に感謝してほしいな」

ふふん、と理子はふんぞり返る。

「え、ちょっと待て、理子、なに言ってんだよ……」

卓巳はものすごく焦《あせ》った表情で早苗の両肩を掴《つか》んだ。

「というか、どうしてお前に感謝しなきゃならないんだよ」

早苗の肩を掴んだまま、卓巳は理子にやや大きな声を投げつける。

「だって、私が早苗ちゃんの見合い相手？　に連絡したんだもん。他の男と付き合っているって報告しといた。卓巳ったら、早苗ちゃんとのデート優先して、私に会ってくれないし、寂しかったし……」

「そ、そうですか……」

脱力して呟《つぶや》く。

「お邪魔しました。無事、岡田さんの件は解決しましたので……」

卓巳の占い通り、卓巳と付き合うふりをしていたおかげで解決したのは確かなのだから、これでよかったのかもしれない。

早苗は放心状態のまま玄関を出た。

六

『今日の山羊《やぎ》座のラッキーカラーはグレー。ラッキーアイテムはスポーツドリンク。何かあっても、仕事以外での外出は避けましょう』


くしゅん。

受付ブースで早苗はくしゃみをする。ちょうど来社名簿に記入していた客が、少し驚いて早苗を見る。

「申し訳ありません」

慌てて笑顔をみせて謝った早苗だが、隣で相川が客に気付かれないように溜め息をついたのに気付いた。

「風邪？　本当はマスクしてって、言いたいけど……」

客の姿が完全にホールから消えたとたん、相川はさっきとは違ってはっきりと溜め息をついてから口を開いた。

「マスク姿で、受付っていうのもね」

「す、すみません。熱はないんですけど」

「だいたいね、もう十一月もなかばだっていうのに、薄い秋物のコートで出社するから風邪ひくのよ。ひょっとして占いで『コートは薄手のものにしましょう』とでも言われたの？」

ややあきれた目で見つめられ、早苗は首を横に振る。

「違います。そういうわけでは……」

卓巳の新事務所での一件以来、早苗は前ほど占いを見なくなった。岡田とその母親が現れ、大勢の前で罵《ののし》られたあの日から。

卓巳から何度かメールがきたが、早苗は一切返信しなかった。

「そう？　占いに振り回されているようなら、もっと叱《しか》ろうかと思ったけど……」

どこか心配そうな瞳で見られたけれど、早苗は相川の話を半分くらいしか聞いていなかった。

「なんか、ここのところぼうっとしてて。そうか、もう十一月も中旬か……」

返事にならない言葉を返して早苗はまた小さくくしゃみをした。

日付の感覚もあの日から鈍っていた。だから寒いなと感じても、衣替えをするでもなく、毎日同じコートを着てしまっていたのだ。

「しっかりしなさいよ。あんな噂くらいで、負けちゃ駄目」

噂？

と、早苗は一瞬何を言われているのかわからなかった。

「よかったじゃない。噂のおかげで、変な男にちょっかいかけられることもなくなったし、何より見合いが流れたんだし」

相川に言われ、ああ、とうなずく。

岡田親子の件が居合わせた庶務の女子社員の口から洩《も》れ、会社中に広まってしまったのだ。

とはいえ交友範囲の広い相川がうまくフォローしてくれたお陰で、今はもうその噂もおさまっている。

「それにしても、村野さん、あなた笑顔だけが取り得なんだから、さっきみたいな死んだような笑顔はやめてね。人の噂も七十五日っていうし」

「はい。すみません」

相川は早苗が落ち込んでいるのは、岡田親子の件が噂になったせいだと思っているらしい。

実際は、占いや卓巳に依存していたことを自己嫌悪しているのだ。多分透はこうなると予想して、早苗を止めたのだろう。

それを無視して卓巳に占ってもらった。その結果、透と気まずくなり、今はもう話もできない。

全部自分が悪いんだ。

でも会いたい。

今なら彼が何故、あの時、機嫌が悪くなったか、怒ったかよくわかる。

だから会って……

会って謝っても、それでも許してもらえなかったら……

だいたい透さんには彼女がいるんじゃ？

だからあのキスは卓巳さんと同じで、ちょっとつまみ食いだったのかもしれないし……

考えれば考えるほど早苗の気持ちは落ち込んだ。もう考えが悪いほうにしかいかない。

ピピッ。

受付の内線電話が鳴った。電話が鳴らなければ早苗は泣いていたかもしれない。

慌てて深呼吸して、早苗は受話器を取り上げた。

「はい。受付です。はい……。承知いたしました」

受話器を元に戻し、早苗はまた深呼吸する。

「なんですって？　今の？」

相川に聞かれる。

「企画室からです。コーヒーサーバーが壊れたので、ケータリングでコーヒーを注文したから、お店の人が来たら通してくれと」

「ああ。企画部長ね。あの方コーヒー好きだから……。で、どこのお店の人？　何時頃来るの？」

「あ……」

早苗は真っ青になった。肝心なそれを確認し忘れたからだ。

「ちょっと、まさか村野さん……」

ぴくり、と相川のこめかみが動く。

「いくら落ち込んでいるからって……。もう、私が企画室に今、確認を……」

相川は内線電話に手をかけた。

その時、自動ドアが開く。

白いシャツに黒いカフェエプロン。その上にパーカーを羽織った姿で、手にコーヒーポットを持った背の高い男が入ってくる。

「えっ……」

透だ。

会いたいと思っていた透がすぐそこにいる。

会いたくて顔が見たくて、でも会えなくて……

彼が近づいてくる。早苗の心臓が跳ね上がる。どくどくと鳴って、うるさいくらいだ。透は受付ブースの前でぴたりと止まり、真っ直ぐに早苗を見つめてきた。

「『オアシス』の者ですが、コーヒーをお届けに参りました」

とたん、早苗の目が潤《うる》んだ。涙が目尻にたまるのが自分でもわかった。

返事をしなきゃ。ちゃんと受付嬢として対応しなきゃ。

そう思うのだけれど今、口を開くと、一気に涙が溢《あふ》れそうでできなかった。そんな早苗を見つめる透の瞳も、どことなく潤んで揺らいでいる気がする。

「はい。お待ちしていました。こちらにお名前を。それから……」

早苗に代わり相川が透に応対している。その間も早苗は涙をこらえるのに精一杯で仕事用の笑みすら浮かべられなかった。

「ちょっと、どうしたの？」

相川に声をかけられた時にはもう透の姿はなかった。慌ててエレベーターを見ると、企画部のある五階へ向かうランプがついている。

「あ……。私……。ごめんなさい……。ちょ、ちょっと……」

さっと立ち上がり、早苗はトイレへ駆《か》け込む。

十分ほど時間が経っただろうか。ひとしきり泣きはらし、簡単に顔を洗ってから早苗は持ち場に戻った。

　メイクは全部涙と共に流れてしまったけれど、泣き顔で受付にいるよりましなはずだ。それに、コーヒーを持ってきただけだから、もう透も帰っているだろう。顔を見るとまた涙腺《るいせん》が緩むからちょうどいい。

　そう思ったのに、戻ったとたん複雑な表情をした相川から名刺を一枚差し出されて、結局泣いてしまった。

　それは『オアシス』の店の名刺だった。

「彼？　前に言ってた店のマスターなんでしょ」

　涙が止まらない早苗にハンカチを差し出す相川。聞いてくる声も複雑な感情がこもっている。

「何があったかしらないけれど……。待ってるってさ」

　相川の指が名刺の一点を指し示す。

「待ってる？」

　涙声で聞き返しながら、相川の指先を目で追うと、店名の下に書かれた営業時間が見えた。

　十時半～二十時。

　その二十時にボールペンでバツ印が書かれていた。

これは……。どういう意味なんだろうか……

「待ってる？」

何故バツ印が書かれているのかもわからずにもう一度聞くと、相川が大げさに肩を竦《すく》め「鈍感ね」と呟《つぶや》いた。

＊＊＊

時計を見ると、もう夜の十時半を回っていた。

早苗は自分の部屋で『オアシス』の名刺を握り締め、さっきから時計をじっと見つめ続けている。

お店、とっくに閉まったよね……。今頃はもう片付けも終わってるよね。

あのあと、相川は何も言わず、聞かず、早苗を見守ってくれた。

聞かれたらまた泣いていたかもしれない。仕事にならなかったと思うから、早苗も何も言わなかった。

幸い今日は来客の多い日で、泣いている暇も相川と会話している暇もなかった。

時計から握り締めた名刺に視線を戻し、早苗はじっと考え込む。

帰社する寸前に相川が「彼が待ってるわよ」と早苗の背中を叩いた。

でも、早苗は行けずにこうして自分の部屋でベッドに腰掛け、ただ時計と名刺だけを交互に見つめている。

頭の中では「鈍感ね」と「彼が待ってる」という相川の声がリフレインしている。

本当に透さんは店を開けて待っているの？

鈍感ねって……。相川さんは言ったけれど、これって……

閉店時間のバツ印を早苗は指でなぞる。

これは、いつまでも店を開けて待っているっていうこと？　本当に？

もし、行かなくても透は店を開けているのだろうか。朝まで、いや、開店時間になっても。だとしたら、行かないと悪い。徹夜させてしまってはいけない。

いや違う。そんなのは、自分に対する言い訳だ。会いたいから会いに行く。待っててくれるから行く。透の気持ちを探ろうとするばかりじゃなく、まずは自分の想いをぶつけなくちゃ。

「あ、私なんて……」

馬鹿だ……

こんな単純な答えに辿《たど》り着くまで、何をぐるぐる考えていたんだと笑えてくる。

透さんが好きだ。

会いに行っても、待っててくれないかもしれない。もう店を閉められているかもしれない。それでも会いたい。

好きだから。愛しているから……

怖がっていたら駄目だ。変な理屈なんていらない。

彼に会うんだ。

この気持ちをはっきり伝えるんだ。好きって言うんだ。

一度心が決まると、もうじっとしていられなくなる。立ち上がり、部屋着から外出用の服に着替えた。

その時、不意に『仕事以外の外出はしないほうがいい』という朝の占いを思い出す。

やだ……

こんな時に何を思い出しているんだろう……もう、占いはあまり気にしないと決めたのに。

早苗はぐっと唇を噛み締め、ついでに拳《こぶし》も握り込む。

もう占いなんて……

今までの早苗なら、占い通りにして家を出ない選択をしていただろう。しかし、もう関係ないと頭を振る。

透さんのほうが大事……。何があっても透さんに会うんだから……

早苗は大きく深呼吸する。そして自分の部屋を出た。

家の中はしんとしている。

両親がヨーロッパから帰ってくるのは明日だ。

だから、今家を出ても誰にも咎《とが》められない。こんな時間に出かける言い訳を用意しなくてもいい。

なんだか両親まで早く透の所へ行けと背中を押してくれているような気がして、早苗は微笑んだ。


木枯らしが冷たい。

そのせいか透の店へ行く足が自然と速くなる。

今、何時だろう？

家からこのあたりまで、電車の乗り継ぎが悪かったせいで四十分以上かかっている。家を出たのが十一時近かったから、もう十二時頃に違いない……

すっかり遅くなったけれど、もし待ってくれているなら、せめて日付が変わる前に透の顔が見たくて、早苗は焦《あせ》る。その焦りがいけなかった。風で舞い散っていた街路樹の枯れ葉に足を取られ、転んでしまう。

派手に転んだわけではないけれど、膝をついて子供のように膝小僧をすりむいてしまった。

早苗の服装は通勤用の私服ではなく、デニム素材で足首近くまであるティアードスカートにブーツだ。

いつものようにストッキングだったら、伝線してみっともないことになっていただろう。けれど今は外見からはわからない。だから起き上がると、スカートについた埃《ほこり》を払うのももどかしく走った。

「はぁ。はぁ……」

荒い息をついて、早苗は『オアシス』の前に辿《たど》り着いた。

店内の明かりがついている。看板《かんばん》も出ている。こんな時間なのにまだ営業中なのだ。

しかし、店のドアには『ただ今の時間貸し切り』という張り紙がしてあった。

これって……

営業中の看板が嬉しかった。

貸し切りの張り紙も嬉しかった。

これって……。私のために……

大きく息を吸い込み、早苗は思い切ってドアを開けた。

そのとたん、芳醇《ほうじゅん》なコーヒーの香りがふわりと漂う。耳に低く響く古いジャズ。そして……

カウンターの奥にいた透が振り返った。

目を見開いて驚いたような表情で早苗を見る。それからすぐに微笑みを浮かべた。

「いらっしゃいませ。今の時間はコーヒーしか出せませんが、よろしいですか？」

『オアシス』のマスターの顔で早苗に問い掛ける。

「はい」

透の微笑みに早苗の心が蕩《とろ》けた。

何を今までぐだぐだと悩んでいたのだろうと、おかしくてならない。

早苗は久しぶりにカウンターの席に腰掛ける。

黙って水を出す透。普段通りのマスターの顔で普段通りの仕事をしている。

時刻はもうすぐ十二時だ。

それは早苗が通っていた時と変わらない「いつも」のことで……

あまりにも自然なそれらに早苗はここに来るまでの間、色々と悩んでいたのが嘘のようだと思った。好きだと告白する決心で緊張して来たのを一瞬忘れ、妙にリラックスする。

「コーヒー。俺の特製ブレンド」

目の前に淹《い》れたてのコーヒーが出された。

「いつも紅茶ばかりだけれど、コーヒーの美味さも知ってほしい。苦味や酸味を抑え、自然な甘さが出るようにしてみた。できればブラックで……」

「えっと、このコーヒーは私用？」

確かにどことなく甘い香りがカップから立ち上《のぼ》っている。

「ああ」

透は軽くうなずく。

ずいぶん前にコーヒーは飲まないのかと聞かれ、「苦いのもすっぱいのも無理。砂糖やミルクを入れても口に何か残る気がして駄目」と答えた記憶があった。

透はそれを覚えていて、わざわざ自分用にブレンドしてくれたのかと感動する。

香りを楽しんでから、一口飲む。

「あ……」

コーヒーなのに甘くてさわやかな感じがして、早苗は目を見開いた。

「あの……」

美味しい、と伝えようとして透を見ると、彼はカウンターから出て外へ行くところだった。

どこへ？　何をしに？

不安になって見守っていると、透は看板《かんばん》を中に入れ、張り紙を回収して入り口の照明を消している。

あ、そっか……。閉店か。私が来たから？

そう思うと、本当に自分が来るまで店を開け続けていてくれたのだと、早苗の心が温まる。

と同時に、不意に現在の時間を思い出す。

「そういえば電車、もうそろそろ終電だね。ゆっくりコーヒー飲んでいたら私、帰れない……」

何気なく言った早苗の言葉に、戻ってきてカウンターの中で何かしていた透の肩がぴくりと揺れた。それからゆっくりと早苗を見て言う。

「だったら帰らなければいい。だからゆっくりコーヒーを飲んでくれ」

「えっ？」

言葉の真意を聞こうとしたら、透が自分の前に回ってきた。さらにいきなり跪《ひざまず》かれ、早苗は驚いて言葉を失った。

「足、見せてみろ。転んだだろう」

「あっ……」

透は早苗の返事を待たず、スカートを膝までめくり上げた。

かーっと全身が熱くなる。

よく見ると透の傍《かたわ》らにはタオルや消毒液が置かれていて、下心があってやられたわけではないとわかる。

けれど、早苗の体温は確実に上がり、耳まで赤くなった。

透さん、私が転んだって気付いていたんだ……

「えっと、あの……。自分でやりますから」

慌ててスカートを押さえ、早苗は透の手を遮《さえぎ》った。気付いてもらえたのは嬉しかったけれど、足に触られるのは恥ずかしい。

「いいから……」

「え、でも……」

スカートは膝上までもうめくられている。

ブーツの下はソックスを履いているだけで他の部分はいわゆる生足だ。

急いで家を出たからメイクもしていなかったと思い出して、早苗は羞恥心《しゅうちしん》でいっぱいになる。

「それとも……。俺が嫌か？　触られるのも駄目なくらいに……」

「駄目だなんてそんな……。むしろ……。透さんこそ私に怒っていてその……」

うまく言葉を紡《つむ》げない。

「んっ……」

膝の傷が疼《うず》く。透は傷口に丁寧に傷テープを貼ってくれたけれど、スカートを元に戻してはくれなかった。

早苗の両腿の上に手を置き、身を乗り出すようにして顔を見られる。

「何を俺が怒っているって？　お前こそ……」

村野でもなく早苗でもなく『お前』と呼ばれ、早苗の心が熱く乱れる。

「俺はずっと待っていた。毎日お前が来るのを。なのに来ない。店にも、公園にも……。

卓巳のほうがいいのかと……」

「そんな、そんな……っ。私は……。それにマスター、いえ透さんの連絡先を私は知らないけれど、い、いつも、彼女から電話もらってるし……」

いやだ。私、何を言ってるんだろう。こんなこと言うつもりなかったのに……

「お前、何を言っているんだ？」

透の顔が険しくなった。

早苗はびくりとなる。

「だって、私、透さんにやめろって言われたのに、忠告を聞かず卓巳さんに占ってもらって……、結局……」

うまく言葉にできないでいる早苗の唇に、透は自分の人差し指をそっと当てた。

「あっ……」

その指から微《かす》かにコーヒーの香りがして、早苗は反応してしまう。

「怒ったわけじゃない。俺はあんな言い方しかできない。それにあの電話の相手は彼女じゃないし……」

言いかけて透はふっと苦笑した。

「それに、お前の電話番号もメールも聞いていない。だから待っていた。いつも……」

透の指が早苗の唇から離れていく。それを寂しく感じる。

「だ、だったら、私に会いにきてくれればいいのに……。私の会社、知っているんだし」

自分が理不尽なことを言っている自覚が早苗にはあった。

透が店を仕事をほったらかして来るわけがないじゃないか。

客の忘れ物を届けにきた時は卓巳に留守を任せたのだろうし、忘れ物を届けるのも仕事のうちだ。

わかっているけれど、言わずにはいられなかった。

「ご、ごめんなさい。私、私……」

「お前の会社のコーヒーサーバーが壊れてくれて、感謝しないと。それと真由子さんにも」

なんの話だろうと目を瞬《しばた》かせると、透が笑顔を見せてくれた。

「もう待てなかったから、会いにいきたいと思っていた。そしたら壊れたコーヒーサーバーがチャンスをくれたんだ……。それに今、真由子さんが店を手伝ってくれてて、店番をお願いできたから」

「そ、そうなの？」

真由子は相変わらず常連なのだ。卓巳がいなくなっても。それになんとなくほっとする。

でも、今私が聞きたいのはそんな話じゃない。私が求めているのは……

「卓巳に聞けば連絡先もわかっただろうけれど……」

透は苦笑した。

何故苦笑したのか、早苗はわかった気がする。

「いや……。今の話は……。俺は……」

早苗の腿《もも》にのっていた透の手がすっと上に動いた。そのまま早苗の腰を強く掴《つか》み引き寄せる。

早苗は椅子に座ったまま抱きしめられていた。

透の顔が自分の顔のすぐ横にあり、吐息が耳や髪に触れる。くすぐったくて甘い感触に早苗はぞくぞくした。

「好きだ」

短い囁《ささや》きが直接耳の中に吹き込まれる。

「あっ……」

くすぐったいだけだった感触が甘いものに変わり、早苗の全身から力が抜ける。

それは好きと言われたからなのか、耳の中に落とされた声のせいなのかわからない。

こめかみがどくどくと鳴るほど、早苗の心臓は脈打つ。ときめきすぎて、息が止まりそうだった。

私、私、今、告白されて……

それだけで頭の中がいっぱいになる。好きだと言う透の声が鳴り響いている。

「あの晩……。最初から言えばよかった」

あの晩とは、キスをされた日のことだろう。

「もう帰れないんだろう？」

続いて囁《ささや》かれ、早苗の頭が痺《しび》れる。

「な、何……？」

それでもかろうじて聞き返すと、低く笑われた。

「さっきお前が言った。そろそろ電車がなくなるから帰れないって。だから帰らなくていい」

「あ、うん」

嬉しかった。嬉しすぎてどうにかなってしまいそうだ。

好きだと言われたあとに、帰らなくていい、と言われたってことは……

期待に胸が高鳴る。

あ、でもでも、本当にただ朝まで泊めてくれるだけかもしれないし……

早苗は他にもあれこれ想像を巡らせる。その思考がいきなりふわりと浮く。

えっと思ったら、浮いたのは早苗の身体そのものだった。

透が早苗を横抱きにしたのだ。いわゆるお姫さまだっこの形にされ、早苗は想像の世界から現実に戻ってあたふたした。

「あの、あの。きゃっ！」

早苗を抱いたまま歩く透。それに驚いて早苗は思わず透の首に手を回していた。

「大丈夫。落とさないから」

確かな足取りで透は奥へ行く。

左手にはスタッフルームのドア。そして右に階段が見えていた。

その階段を透は上がる。

どこへ行くの？

早苗のその疑問はすぐに解けた。階段を上がりきったところにドアがあった。早苗を抱えたまま、透は器用にそのドアを開ける。

そこはシティホテルの客室のような部屋だった。

床はフローリングで、中央にはセミダブルベッドがある。

ドアを入ってすぐ左手がユニットバス。右はクローゼット。正面には大きな窓とベランダ。

ベッドの脇にナイトテーブル。その上には読みさしの本。

ベッドの向こうには階下の店と同じデザインのテーブルと椅子。そのテーブルの上にはインチの小さな、ノートパソコン。それにちょっとした筆記具もあり、ベランダの隅には洗濯機も見えた。

透は土足のままベッドへ進み、早苗をそっと降ろした。

「こ、ここ?」

「俺の部屋だ」

「あっ……」

透の部屋。そして今、自分がいる場所はベッド。

意識したとたん身体が火照《ほて》った。この先に何が待っているか嫌でもわかって……恥ずかしくてまともに透を見ていられなくて、早苗は思わず目を瞑《つむ》ってしまった。その瞼《まぶた》に柔らかくて濡れたものが押し当てられる。透の唇だ。

睫毛《まつげ》だけを舌でそっとなぞられ、早苗は背筋を震わせた。

もうそれだけできちんとベッドに座っていられなくて、早苗は倒れ込んでしまう。

「好きだ……。本当に今夜はもう帰さない」

早苗の瞼から、頬《ほお》、それから唇の際《きわ》まで口付けながら透が囁《ささや》く。

「私も……。帰りたくない。帰らないからっ……」

透さんが好き。

そう言いたかったけれど、恥ずかしい。彼のベッドの上でこんな風にキスされていて、そっちのほうがよっぽど恥ずかしいはずなのに、言葉にできない。

それでも透は早苗の気持ちをわかっているのか、早苗の唇を本格的に奪いにくる。早苗も待ちかねて、ほんの少しだけ舌を突き出す。すると、きつく吸われた。そのまま舌が口腔に入ってくる。

上あごに近い辺りを舐められた。くすぐったいのに甘い刺激が広がり、口の中にも性感帯があるんだと早苗は知る。

キスだけなのに、じわじわと悦《よろこ》びが早苗の身体の隅々にまで行き渡り、甘い息しか洩《も》れなくなった。

手を早苗の顔の両側につき、時折音を立てながら深い口付けを繰り返す透。

「ふっ、あっ……」

透との口付けがわずかに解ける。その合間の呼吸さえも色めいていた。

もっと……、と求めてしまう自分がとても淫《みだ》らな気がして仕方なかったけれど、身体は正直で、下半身が熱くなりはじめていた。

透も早苗と同じ気分になっていたのか、早苗の頭の下に手を入れ、もう片方の手で早苗のスカートをめくり上げてきた。

透の手は太腿にすぐに張り付き、少し汗ばんだ掌《てのひら》で内腿を撫で上げてくる。

「……っ。ふっ……」

たったそれだけなのに、早苗の息が弾む。そして彼の手がもっと上まで辿《たど》り着くのを待ってしまう。

触れてほしいような、ほしくないような、もどかしい感覚に太腿を擦り合わせる。するとその動きにあわせたように、透の手は早苗の中心に触れた。

「あっ」

小さく声が洩《も》れた。

下着越しに触れられたそこが徐々に湿ってくる。その湿りを確かめるように、透の指に何度もなぞられた。

そうされると、もうたまらない。はっきりとわかるほどに潤《うる》み、下着が濡れていく。

いや……。恥ずかしい。

思ったとたん、透の指が、早苗の突起を掠《かす》めた。それだけでびくん、と早苗は腰を跳ね上げる。弾みでベッドカバーを蹴ってしまって、ハッとした。

「ブ、ブーツ」

こんな時にそんなことを気にするのも変だと思ったけれど、土足のままベッドに寝ているのが気になる。

「ああ……」

透も気付き、早苗の下半身から手を外す。

ほっとしながらも「寂しい。もっと触れてほしいのに」という気持ちも湧いてくるのを止められない。

ジッと音がしてブーツのジッパーが下ろされた。

透は丁寧に早苗の両方のブーツと靴下を脱がせてくれる。その爪先に透の舌が触れた。

「なっ……。やっ……」

そんな所を舐められた経験がなくて早苗は戸惑う。

「あぁっ……」

まさか足の指にも性感帯があるなんて……。早苗は思わずのけぞった。

透は早苗の足の指を一本一本口に含み、吸う。

さらに、指の間を舐められる。

舌先で爪と皮膚の隙間をなぞられているだけのはずなのに、体内へ潜り込んでくるような深い衝撃がある。

その衝撃は、悦《よろこ》びに繋がる。

身体の末端から這《は》い上がってくる快感に早苗は抗《あらが》えない。足指から遠い乳首すらきゅんとしこってきた。

なんだかもう駄目……

達してしまいそうな予感に早苗は震えた。

「寒いか？」

早苗の足から顔を上げた透が聞いてくる。

「ち、違う……」

早苗は首を振る。

「そうか」

透は笑って、それでもエアコンをつけた。直後、彼は素早く自分の服を脱ぐ。部屋の明かりは煌々《こうこう》とついていて、その明るさの中に透は全裸をさらす。

「きゃっ」

思わず見ていられなくて早苗は両手で目を覆《おお》った。

エアコンをつけたのは裸になるからなんだと、妙に納得する。これから自分も裸になるんだと思うと、今度は恥ずかしさに震えた。

両手で目を覆ったまま固まっていた早苗の服に透の手がかかる。スカートを脱がされ、上半身のセーターをめくられた。

あっ……。このままじゃ……。えっと……

手で目を覆っている限り、セーターは脱げない。中途半端に肌をさらしているほうが、よほど恥ずかしい。

早苗は目を瞑《つむ》ったまま手を外す。

そして透にすべて脱がされるのを待つ。透は慣れているのか、早苗の額や唇に軽くキスを落としながらブラジャーのホックを外した。

透のそんな『慣れ』がなんだか憎かった。今まで何人の恋人がいたんだろう。早苗は過去の女に嫉妬《しっと》してしまう。

でも……。今は私だけ。私が彼に抱かれるんだ……

誇らしい気がして、早苗は幸せな熱を全身に感じた。

透の体重が早苗にかかる。けれど、少し身体を横にして、すべての重さが早苗にかからないようにしているのがわかる。

その姿勢で透はまだ目を瞑り続けている早苗の唇を甘く噛んできた。

彼の唇の甘さに夢中になっていると、最後の砦《とりで》だった早苗のパンティーに彼の指がかかった。

脱がされる。全部……

早苗の喉が鳴った。期待と羞恥《しゅうち》と喜び。そのすべてを早苗は呑み込み、透をただ待つ。

透の唇はまだ早苗の唇を貪《むさぼ》っている。そうしながら身体をより密着させて、白い胸に手を這《は》わせてきた。

まだ温まっていない部屋の空気にさらされて冷えていたのに、透の手によって胸が温められる。

それだけではない。掌で転がされると、キンと痛いほどに乳首が尖《とが》り、そこから生み出された悦《よろこ》びに早苗は打ち震える。

次の瞬間、自分の肌にものすごく熱いものが押し付けられた。それが透の欲望だと知り、早苗の足の間がまた潤《うる》んだ。

蜜が溢《あふ》れ出しそうになるのもわかって、早苗は焦《じ》れる。腰が自然に揺れてしまうのを止められない。

口付けを解いた透の唇がつっと滑って早苗の胸に移動した。

「んっ、あぁ……」

舌で硬くなったそこを押し潰されて、甘く喘《あえ》いでしまう。

ああ。もう私、どうなっちゃうの？

まだ透と一つになったわけではないのに早苗はふわふわとしてきた。身体中が甘い痺《しび》れに満ちている。

これで透さんを受け入れたら私……

そう思っていたのがわかったのか、透の指が迷わずに早苗の両足の間に差し込まれた。

まだ閉じていたそこを掻き分ける。

人差し指と薬指で掻き分けた花びらを押さえ、中指を挿《い》れられた。

「あ、あぁっ！」

大きな声を出してはしたない、と感じるのに止まらない。まだ一本の指なのに、感じすぎている。早苗のそこはひくり、と痙攣《けいれん》していた。とたんに溜まっていた蜜がどっと溢れだす。

蜜が花びらを内側から押し広げる。もう透の指に押さえられていなくても、咲き綻《ほころ》ぶ。その中心から、新たな蜜がトロトロと零《こぼ》れた。

透の指はその蜜を中に戻すような動きをする。引き抜いたかと思うと、敏感な突起から中心までをぬるぬると擦り、止まらない蜜をまた指で押し込んでくる。

そのたびに濡れた音が響いて早苗は耳を塞《ふさ》ぎたくなった。指を挿入されている場所が熱くて仕方ない。透はただ指を抜き差しするだけでなく、時折ぐっと折り曲げて、早苗のいい場所を強く押してくる。

「ひっ、ああっ」

吹き零れるのは蜜ばかりではない。早苗の口からも悦びの悲鳴が出て止まらない。

「もっ……。やだ……」

恥ずかしすぎて腕で顔を覆《おお》うと、指を早苗に埋め込んだまま透が耳元に口を寄せてきた。そのまま耳の裏を舐めながら囁《ささや》かれる。

「顔、見せて……」

耳の裏も感じるんだ……

早苗の全身が気持ちよすぎて粟立《あわだ》った。とてもじゃないけど、今の自分の顔を見せるなんてできないから首を振る。

「わかった……」

くぷっと音がして、透の指が引き抜かれた。

ほっとしたのも束の間、早苗の両足が抱え上げられた。

何？　何？　何？

早苗は軽いパニックに陥《おちい》る。

「顔の代わりにこっちを見せてもらう」

早苗の片足を透は自分の肩にのせる。もう片方の足は膝を立てた形にして、手で内腿を押さえて閉じられないようにされてしまった。

「や、やぁっ」

一番恥ずかしい場所がさらされて、早苗は涙目になる。顔を覆《おお》っていた腕はいつの間にか外れて、何をされているのか早苗はつい見てしまった。

早苗が顔を見せ、目を開いているのを確かめたのか、透はまた早苗の中心に指を埋めた。綻《ほころ》びきってしまっているから、もう花びらをかきわけられることもなく、するりと透の指が侵入してくる。

その指があっという間に二本に増えて、早苗を甘く苦しませた。

透に見られていた。指が入っている場所を。それによって喘《あえ》ぐ自分の顔を。

「見、見ないで、そんなに……」

また顔を覆いたかったけれど、それで隠れるのは顔だけだ。恥ずかしい場所は隠れないし、もう隠しようもない。

熱い透の視線に炙《あぶ》られて、早苗は蕩《とろ》けだしそうだった。

「ふっ、あっ……」

透の指の抽送《ちゅうそう》により、また蜜が洩《も》れた。透の指を濡らし、太腿も濡らし、清潔に整えられたベッドカバーに散る。

私ばっかりはいや……

そう強く思い、透に手を伸ばそうとして、早苗は彼のモノが自分以上に濡れて透明な蜜をにじませているのを見てしまった。

カッと全身が熱くなる。指でうがたれている甘い筒がひくりと蠢《うごめ》く。

あ……。透さんも……

彼も感じているんだ、と嬉しさに早苗はきゅっと透の指を締め付けてしまった。わざとじゃない。身体が彼を求めているのだ。

早苗は伸ばしかけていた手をもう一度透に向けた。

「来て」なんて台詞《せりふ》は言えないから、精一杯手を伸ばし、透を見た。

すると、ふっと透が微笑んだ。

「好きだ」

微笑んだまま彼は言い、早苗の中から指を抜くと代わりに自分自身をあてがった。

でも挿入はまだしてくれない。ぬるりとした切っ先で早苗の赤く熟れたそこをゆっくりと何度か擦り上げる。

さらに充血して膨らみきった早苗の敏感な突起を先端で突き上げてきた。

「あっ、あっ。あぁ……」

好きだ、と言うなら早く欲しい、と早苗はもどかしい気持ちのよさに焦《じ》れた。

透は早苗に「挿《い》れて」と言わせたいのだろうか。たぶんそうだ。けれどそんな言葉を口に出す勇気はない。

なのに、身体は目いっぱい透を求めていて、きっと言葉より雄弁に語っている。熱く昂《たか》ぶって、透をとても欲しがっている。それはきっと相手が透だからだ。

「やっ、もう……。意地悪しないで……」

ぽろぽろと涙が零《こぼ》れ落ちる。そう言うのがもう精一杯で、目を潤《うる》ませながら早苗は両手を透に差し伸べた。

そのとたん透の眉がきつく寄せられた。どこか苦しげな顔になる。

「ごめん」

一言透が言うのと同時にぐっと、熱い塊が早苗の奥に埋められた。

「んっ！」

まともな声が出なかった。早苗は大きくのけぞり、びくん、と全身を戦慄《わなな》かせる。透を包み込んだ場所が蠕動《ぜんどう》している。

怖いくらいに甘く、蕩《とろ》ける快感に溶かされて、早苗の目の前が一瞬スパークした。

挿入されただけで達してしまったのだ。

そんなのは初めての経験で、早苗はふっと意識を手放してしまう。


「早苗」

名前を呼ばれ気付いた時には、透の膝の上に座らされていた。もちろん彼の分身はまだ早苗の中だ。

「あっ……」

彼と対面して座る格好で、早苗は両手を透の背中に回していた。

こんな体位も初めてで、早苗の頭の中はもう真っ白だ。

「かわいいな。お前……」

ぐっと下から突き上げられた。

「ひゃっ、あぁっ！」

ただでさえ透を自分の体重で、さっきより奥まで受け入れているのに、そうされるとたまらない。

深すぎて、きついくらいだ。

けれど、気持ちいい。

たぶん私はさっきイっちゃったんだ……。なのにまた……

と、早苗はもう何度目になるかわからない恥ずかしさに襲われる。

「大切にする。早苗……」

透の掠《かす》れ声が耳を打つ。目を細め、早苗を見つめる瞳が切ないくらい胸をしめつける。

大切にするって……。あ……。あ……

また涙がぼろぼろと零《こぼ》れた。

透がそんな早苗の目元に口付け、涙を舌ですくう。それだけで早苗は二度目の絶頂を迎えそうになって、慌てて頭を振った。

少しでも意識をそらして、もっと長く透をきちんと感じていたいのだ。

「お前は？」

汗で張り付いた早苗の髪をかきあげ、透は聞いてきた。

そういえば、彼に何も伝えてなかったと早苗は思い出し、口を開いた。

「好き……。透さんが」

それだけ言うのにもとても勇気がいったけれど、言ったとたん早苗の中の透がぐっと大きくなったのがわかった。

早苗はなんだかとても嬉しくなる。

熱くて硬くて、そのくせ優しい感触を早苗に与えてくれる透自身。それがまた下からゆっくりと打ち付けられる。

「あ、んんっ。はっ……」

言葉が出ない。甘い嬌声《きょうせい》しか早苗の口からは出ない。

その声に煽《あお》られたように透の抽送《ちゅうそう》が激しくなる。早苗はしっかりと自分の意志で透の背に腕を回し、彼の身体の上で揺さぶられ続ける。

そうされると、気持ちよすぎて辛い。

けれど、やっと彼と一つになれたという気持ちが物凄く高まってきて、辛いと思いながらもずっとこうされていたいと早苗は願ってしまう。

明日も明後日も、一生ずっとでも構わない……

彼に揺られて、彼の熱を感じて、そして……

「んっ、あ……好き……、透さん……」

何度でも好きだと囁《ささや》いて欲しくて自分から言うと、早苗の中心に埋まったモノがぐっと大きくなった。

その大きさに眩暈《めまい》がしてくる。

「あんまり言うと……」

熱い吐息と、掠《かす》れた声が早苗の耳元でする。

「もた……な……い。もっと、お前を感じていたいのに……、もっと一つになって……」

「でも、でも……好き……」

透の目を見て囁く。

「ああ。俺もだ……。好きだ……」

根負けしたように透は苦笑しながら言って、さらに早苗を突き上げた。

夜はまだ長い。

今、お互いに果てても、きっとまた……

早苗は高まりすぎて、なかばぼんやりしながらも透に微笑み、しがみつく。

二人で愛し合う日々は、永遠なのだから。

二人でカフェ

一

「あ、早苗ちゃんいらっしゃい。あら、相川さんもこんにちは」

早苗が相川と一緒に会社帰りに『オアシス』へ寄ると、カウンターの端の席に座った真由子が出迎えてくれた。

一緒に来るのは今日で二度目だが、相川もここのところ毎日のようにランチを食べにきているらしく、すっかり馴染《なじ》みになっていた。

卓巳がやめてから働き出した真由子も、今ではすっかり店に馴染んでいる。とはいえ真由子には本業があり、空いた時間だけここで仕事をしているらしい。カウンターの上にはノートパソコンが置かれていた。

「今お水持ってくるねー」

真由子はカウンターの中に向かう。

「いや、いい。水くらい俺が」

カウンターの中にいた透が、すぐに制して真由子を座らせる。

「いいの？　これじゃあ手伝いにならないね」

真由子は両手を合わせて「ごめん」のポーズをし、また元の席に着いた。

「いや、元々次のバイトが決まるまでの約束だし……」

透は水の入ったコップを二つ、早苗達の前に置きながら笑う。

「次のバイト、まだ決まらないんですか？」

早苗は聞く。

真由子の本業は翻訳家《ほんやくか》で、一般の社会人よりは時間を自由に使えるのだ。

それで透に一度手伝いを頼まれて以来、『オアシス』で働いている。が、だからといって、ずっと『オアシス』で働けるわけではない。今もパソコンを持ち込んでいるところを見ると、締め切りが近いのだろう。

「ああ。募集はしているんだが……。なかなか見つからなくて……」

透は難しい顔をする。

「条件が厳しいんじゃ？」

相川が真面目な顔で透に聞く。

「うーん。俺としては厳しくしたつもりはないんだが……」

「十八歳以上で年齢の上限はなしにしたよね。でも勤務時間が半端なんじゃ？」

パソコンのキーボードを叩きながら真由子は呟《つぶや》く。

「半端って?」

「ランチタイムだけなんだよね、今のとこ」

「ふむふむ。午前とか、午後ってはっきりしてるほうがいいのかもね」

真由子と相川がバイトの勤務時間について話し出す。

しかし、いつしか別の話題に移って二人は会話を弾ませはじめた。

早苗は二人の話には加わらず、透をずっと見つめていた。

コーヒーを淹《い》れる姿がとても素敵なのだ。へらでサイフォンの中身を慎重にかき混ぜていたり、アルコールランプに火をつけるためにマッチを擦る長い指が官能的だったりして、見飽きない。

「すみませーん」

なんだかにやけてきそうになった時、レジに立つ客の声がした。会計をしてもらいたいのだろう。

「はい。少々お待ちください。今、参ります」

他の客のためにコーヒーを淹れている透が、やや焦《あせ》った声で答えている。真由子はどうしたんだろうと見ると、ついさっきまで相川としゃべっていたはずなのに、また集中してパソコンのキーボードを叩いていた。

「あ……」

お客様を待たせたらいけない。

咄嗟《とっさ》に立ち上がり、早苗はレジに走っていた。

そうしてなんとか会計を済ます。

「ありがとうございました」

笑顔で送り出していると、真由子が飛んできた。

「ごめん。早苗ちゃん。お客様にやらせちゃった」

「いいんですよ。真由子さん、お仕事忙しいんでしょう?」

カウンターに戻ると、透にもすまないと言われる。彼はそのまま淹れたてのコーヒーを持って他の客のテーブルに向かった。

「ああ、もう、本当にごめんね」

パタンとノートパソコンをとじる真由子。それから早苗に両手を合わせて謝った。

「新しいバイトを早く決めないと、本当にまずいんじゃないですか?」

カウンターに戻ってきた透に相川は声をかける。

『オアシス』が求めているのはランチタイムのみ週五日働ける人材だ。けれどなかなか条件に合う人に巡り合えないらしい。

「うーん。いまどき、喫茶店でバイトしたいっていう人間は少ないみたいで」

透は苦笑して、真由子の前にコーヒーを置いた。

「条件を変えたほうがいいかもしれない。真由子さんにも、もう迷惑はかけられないし」

「そんな……、なんか私のほうこそ迷惑かけてるよね。ごめんなさい。さっきは早苗ちゃんがいてくれて助かったわ」

「いえいえ。そんな……。でもお役に立てて嬉しいです」

なんとなく照れくさくなった。

「ふー。早苗ちゃんがいつも手伝ってくれればいいのに。ね、そうだ。いっそのこと早苗ちゃんがここで働かない？」

いい考えだとばかりに真由子に話を振られて、早苗は面食らう。

「ええっ？　でも……」

ここで働けば、ずっと透さんといられる。

早苗は一瞬甘い想像をする。しかし、仕事なのだ。公私混同はよくない。

「んー。確かに、向いているかもね。同じ会社で働く者としては複雑だけど、さっきレジに立ってた時、すっごくいい笑顔してたし」

「え？　相川さん……」

相川にまで言われて、早苗は戸惑う。

「そうだな……。接客以外に掃除やもろもろの雑用もあるけれど、君がやってくれると俺も嬉しい」

「え、でも会社をそうすぐにはやめられないし……、色々その……」

「もちろん。今すぐ会社をやめてここを手伝ってくれって言っているわけじゃないよ」

その透の一言が決定的だった。

私がすぐに手伝えなくても、新しい人をとらず待っていてくれるってこと？

透さんの役に立てる。二人で仕事ができる。そのことが嬉しくて、早苗の心はすぐに決まった。

早苗は相川と真由子が側にいるのも忘れて、透と熱く見つめ合った。

二

雪だ。

どうりで寒いと思った、と思いつつ、早苗は『オアシス』のドアに手をかけながら空を見上げた。

『オアシス』のドアにはクリスマスリースが飾られている。

あと十日でクリスマスだ。

早苗は、ちらちらと舞う雪片《せっぺん》を目で追う。

あれから早苗は思い切って会社をやめた。

引き継ぎはスムーズに進み、土曜の今日が最後の勤務日で送別会だった。

その帰り、相川と二人で『オアシス』にやって来たのだ。

「いらっしゃい。待ってたわ」

閉店時間はとっくに過ぎていたが、二人で店に入ると、真由子が出迎えてくれた。

早苗は月曜から、真由子に代わって『オアシス』で働く。

両親には、せっかく大手デパートに就職できたのに、何故やめるのか、と少し不満げに言われてしまったけれど、早苗の決意は固かった。

自分のわがままで仕事をやめてしまい、色々と教えてくれた相川には申し訳ないけれど……

早苗はちらりと隣を見る。

「何？」

カウンターに並んで座っている相川が変な顔をした。

「あー。大丈夫よ。送別会で酔っ払って、正体なくしたからうちに泊めるって、村野さんの家には私から電話入れておくから」

何を勘違いしたのか、そう言われて早苗は慌てて顔の前で手を振る。

「わ、私、そんなこと……。それに親には朝までオールになるかもって言ってきました」

耳まで真っ赤にしながら小さな声で早苗は言う。透から今日は泊まっていけと言われたわけではない。だから、透に聞かれたら恥ずかしいと思ったのだ。

「馬鹿正直が取り柄かと思っていたけど、最近はそういう嘘もつけるんだね」

くすくすと笑いながら、相川は早苗にラッピングされた紙袋を差し出す。

「これ、ほんの気持ち。餞別《せんべつ》よ。あとで開けてね」

「あ、はい。ありがとうございます」

早苗は嬉しくなって笑顔で受け取る。

けれど、どうしてわざわざあとで開けてと言ったんだろう。

透と二人で使えるようなものをくれたのだろうか。それなら、みんなが帰ったあと、二人で一緒に開けたい……

本当に今夜泊まることになれば、これで二度目になる。

告白されたあと、数回透と身体の関係は持ったけれど、いつもきちんと終電に間に合うように帰っていた。

今日は送別会のあと、店に来てくれと言われたけど、泊まるという話は出ていない。言われたのは、翌日は店が休みだから、一日中一緒に過ごそうということだけ。

透は今夜、どうしようと思っているんだろう……早苗はドキドキしてきた。

落ち着かなくなって店内を見回す。

内装が少し変わっている。それに、占い専用の席もなくなっている。占いカフェではなくなったけれど、占い待ちの客が減った分、客の回転がよくなったせいか、売上はさほど落ちていない。

「外。雪でしたよ」

早苗はまだ冷たい手に息を吹きかけながらカウンターの中にいる透に話し掛ける。

「そうか」

身を縮こませている早苗を見て、透はエアコンのリモコンを手にした。少し店内の温度を上げてくれるのだろう。

「えー。やだ。私、傘持ってきてない」

同じくカウンターの中にいた真由子が、口をへの字に曲げて言う。

「お貸ししますよ、傘。だから雪が積もらないうちに帰ったほうがいいですね」

透に返され、真由子はますます口をへの字にした。

「何、それ？　まるで私に早く帰れって言ってるみたい。はいはい。早く二人になりたいよねー。でも、せっかくだから、乾杯くらいしよう。はい。相川さんも」

出されたのは缶ビールだ。

透の店はアルコールを一切出さないから、コンビニにでも行って買ってきたのだろう。

「それにしても思い切ったよね、本当に」

　真由子が言う。

「うんうん。私、寂しいよ」

　相川がうなずく。

　相川は最近では『オアシス』の常連だ。真由子ともけっこう仲がいい。

　透はカウンターの奥で壁に寄りかかりながら、その様子を微笑して眺めている。

　そんな姿に早苗は釘付けになる。

「あー。もう、彼のことしか見てないわね」

　すでに酔っている相川に頬《ほお》をつつかれた。

「え、ええー。あ、ごめんなさい」

　つつかれた場所から頬が赤くなるけれど、今は本当に透しか目に入らないし、幸せだった。

「ところでさー。透さんも占いができるって聞いたけど、なんでやらないの？　また占いセットをメニューに出せばいいんじゃないの？　私、占ってもらいたいなー」

「占いですか？」

　相川に話し掛けられて、それまで黙っていた透がようやく口を開いた。

「うん。占い。私、しゃべり方がきついらしくて、アドバイスをもらいたくて。自分じゃ普通にしゃべっているつもりなんだけど……。村野さんにも最初は、怖い人と思われてたみたいで、気をつけてるんだけど……」

ビールをぐっとあおってから言う相川に早苗は慌てる。

「もう、きついとかって思ってませんから」

思わず助けを求めてカウンターの中にいる透と真由子を見た。

「でもさぁ」

早苗に構わず、相川は口を尖《とが》らせて続ける。

「あなたのそれは、個性だから、無理しなくてもいいと思います。それに俺はプロじゃないんで、占いはやらないんです」

不満そうな相川を透は優しく諭す。

「えー。だって、なんだっけ、前にこの店にいた卓巳くん？　彼の師匠なんじゃ？」

「師匠ではなく、大学の時、その手のサークルの先輩だったというだけで……。俺のはただの趣味だし、その手のサークルに入ったのも、高校の時の先輩に無理矢理人数合わせに入れられただけですし……」

そうなんだ。初めて聞いた。早苗は目を丸くしながら透の話を聞いていた。

なんとなく聞きそびれていたのもあるし、あまり過去の話を聞くのも、詮索《せんさく》するようで嫌だったから。

付き合いはじめたばかりだし、ゆっくり知っていけばいいと早苗は思っていた。

「だいたい俺は向いていませんから」

「ああ。それわかる」

と、真由子が笑った。

「マスターは卓巳くんみたいに弁がたつタイプじゃないものね。それにマスターは基本的に聞いたことにしか答えてくれなくて、占ってもらっても盛り上がらなさそう」

「なるほど。だから村野さんを泣かせたのね。この子ったら一人でぐるぐる悩んでいたみたいで……。この子も肝心なことは自分から聞かないしさー。人の話を鵜呑《うの》みにする妙な素直さはあるくせに……。あー。鵜呑みにするからいけないのか？」

相川は一人で何か納得している。

「何、何？　泣かせたって」

相川の話に真由子が身を乗り出してきた。

「も、もう、やめてください」

早苗は二人の間に割って入る。

相川が言ったのは、卓巳に見合いのことを占ってもらったことで嫌われたと思い込んでいて、透がコーヒーをケータリングしに来るまでぐるぐる悩んでいた時の話だろう。

あの時は仕事中なのに泣いちゃって、社会人として恥ずかしくて仕方ないし、消したい記憶なのだ。

「俺に言葉が……、足りないのは認めます。だから占い師には向いていない。でも俺は喫茶店のマスターとして美味いコーヒーを淹《い》れられる」

　これ以上早苗が恥ずかしい思いをしないようになのか、透が口を開いた。

「うわー。なんか今のかっこいい。その分、美味いコーヒーかぁ」

　相川がうっとりとした声で言い、熱い眼差しを透に送る。

「いいなぁ。なんか渋い。よくよく見ればいい男だし。お付き合いしたいわ」

「よくよく見なくても透さんはいい男です。それに、透さんは私とその……」

　相川の言葉に、早苗は思わず反応する。

「相川ちゃん、ほらぁ、早苗ちゃんをそうやってからかわないの」

　真由子が笑っていた。それで早苗はようやく冗談を言われたことに気付き、恥ずかしさに赤くなった。

　それに……

　私なんか、すごく大胆発言をしてしまったような……

「俺はいい男か？　嬉しいな」

　カウンター越しに、透から熱く見つめられた。

「あっ……」

早苗は耳まで赤くなっている。全身が熱い。

「うわっ。熱いなぁ。私も早く、いい男見つけようっと」

大げさに相川は手で顔を煽《あお》ぐ。

「あんまり熱いから雪で冷やしながら帰りますか？」

真由子が促すと、相川も立ち上がって笑う。

「そうねー。なんだか色々ごちそうさまでした」

さらにそう言って、相川はコートを羽織る。それから私物を取りにスタッフルームへ行った真由子をしばらく待っていた。


「じゃあ、帰るわね」

支度を整えた真由子は、相川と連れ立って出ていった。

透は二人を見送り、看板《かんばん》を店の中にしまいこむ。

「あ、手伝う。私も月曜から、この店の店員だし……」

慌てて透を手伝おうと駆《か》け寄り、店のドアに内側から鍵をかけようとした。その手に透の手が触れる。

「あっ……」

それだけで早苗の身体は火照《ほて》って、心拍数が上がる。

「いい。お前はまだ客だ」

「うん……」

答えると顎《あご》を掴《つか》まれ、やや強引に口付けされた。

ゆっくり透の唇が離れ、「泊まるだろ」と囁《ささや》かれる。

こくりとうなずくと微笑んで、また唇を塞《ふさ》がれた。

あ、私、本当にこのまま泊まれるんだ……。

今さらながらに早苗は意識してしまう。

「先に上の階へ行ってろ」

まだ店の明かりも落としておらず人目が気になったせいか軽めのキスに留め、早苗にそう告げる。

「はい」

素直にうなずき、早苗は二階へ上がった。

この間来た時も思ったが、透の部屋は生活感がない。

本人いわく、食事も含め一日のほとんどを店で過ごすから、風呂に入って寝るくらいしかこの部屋ではしていないらしい。

帳簿付けなどの作業も、店の奥にあるスタッフルームで済ませている。

でもねぇ……

部屋のエアコンを入れ、早苗はふっと溜め息をつく。

いくらお店が大事で好きな仕事だからといって、この生活はちょっとよくない。そんなふうに早苗は感じてしまうのだ。

元々透は学生時代に『オアシス』でバイトをしていたという。

マスターに気に入られ、透もマスターが好きになり、マスターが不慮の事故で亡くなった時、この店を代わりにやろうと決意したらしい。

透の兄に援助してもらい、店を思い切って買い取り、二階の部屋を住居スペースとして使うようリフォームもしたという。

それを教えてくれたのは真由子だ。この店に長く通っている彼女は、透の過去なども色々知っている。教えてもらえて嬉しい反面、嫉妬《しっと》する気持ちもあり、ちょっと複雑だ。

それにしても透さんはまだだろうか？　こういう時は先にシャワーを浴びておくべきだろうか。

早苗はだんだん落ちつかなくなってきた。

やはりシャワーでも浴びて気持ちを鎮《しず》めようと立ち上がりかけ、着替えを持っていないことに気付いた。

「どうしよう……」

コンビニ。そうコンビニへ行って……

慌ててバッグを手にしようとした時、相川からもらった紙袋に気付いた。

そういえばこれ、なんなんだろう。あとで開けてって言ってたけど……

透と一緒に開けようかと思っていたけれど、紙袋が気になりつい中を見てしまう。とたんに、早苗はかっと全身が熱くなった。

そこにはいわゆるお泊まりセットが詰まっていたのだ。

歯ブラシやトライアルの基礎化粧セット。それから真っ赤なレースの下着。

それも二組入っている。そういえば、ロッカー室で着替えている時に、何気なく下着のサイズを聞かれたことがあったっけ、と思い出す。

それにしても、こんな派手な色……もしかして勝負下着!? 恥ずかしくなりつつも、ちょっと興味が湧いてくる。

せっかくだし……

早苗は相川の好意を無駄にしては悪いと思い直し、真新しい下着を一組手に取ると、バスルームへ入った。

この新しい下着で今夜……と早苗は想像して赤くなる。

透の家の風呂は、ホテル仕様のユニットバスだ。

服を脱いでバスタブに入り、シャワーカーテンを閉めて、コックをひねった。あれこれ想像して火照《ほて》った身体にちょうどいい温度のシャワーが降り注《そそ》いできた。

髪を先に洗おうとシャンプーに手を伸ばしたとたん、いきなりシャワーカーテンが開いた。

透だとわかっていても早苗はびっくりして、思わず身体を隠して縮こまる。

「なんで隠す？」

全裸の透が目を細め、笑っている。彼の瞳は「どうせあとで見るんだから、今見てもいいだろう」と、語っているようだ。

引き締まった身体がまぶしくて、早苗はまともに見ていられない。

「や、でも……」

透と身体を重ねてからまだ日が浅い。全裸も、恥ずかしい場所も見られているけれど、やっぱり恥ずかしいものは恥ずかしい。早苗は全身を真っ赤に染めて、彼に背中を向けた。

透はそんな早苗を背中から抱きしめ、首筋に口付けてきた。

「駄目。透さん。まだ洗ってない……」

首筋に落とされた彼の唇の弾力に、早苗はもう痺《しび》れてしまいそうになる。

「俺が洗ってやる。どこもかしこも、隅々まで……」

「え、洗うって……」

首に唇をつけたまましゃべられる。くすぐったさと、官能の予感の両方に、早くも早苗の息は熱くなっている。

こんな状態になっている身体の反応を知られたくないから、なんとか透に洗ってもらうのを避けたい。それにこれでは相川にもらった下着を身につける間もなく、ここで抱かれてしまうことになる。

「あの、でも明日の準備は？」

なんとか透の気をそらそうとして言うと、笑われた。

「明日は休みだ。忘れたのか？」

忘れたわけじゃない。忘れたわけじゃないけれど……

まだ笑ったまま、透は早苗の鎖骨《さこつ》から首に向かってぺろりと舐め上げながらボディシャンプーを取り上げ、背中に垂らしてくる。

「あっ……」

ボディシャンプーは、背中から双丘の狭間に伝い流れていく。早苗はびくりと身体を震わせた。

「ほら。大人しくして。俺が洗うんだから」

震える早苗の腰を片手で抱き、透はボディシャンプーのあとを追って手を滑らせた。

その手の動きで、透は身体を洗うのを目的としていないと感じ取り、早苗の気持ちは昂《たか》ぶった。

「んっ、あ……」

早苗の官能を呼び覚ますような透の手の動きに、甘い声が洩《も》れる。

透の唇が、早苗の鎖骨から胸のほうへ滑り落ちる。

手は背中から前に回り、足の間に滑り込む。そのまま何度も溝をなぞるように動かされるから、早苗は次々に甘い声を上げていた。

「透さん……、んっ、あぁっ」

「何？　どうした？」

ただなぞるだけの指に焦《じ》れて、早苗は腰をくねらせた。

「んっ……。ひ、ひどい……」

透は色々と慣れていて、経験のあまりない早苗をすぐに追い詰め、翻弄《ほんろう》する。

そしてねだる言葉を引き出そうとするのだが、早苗はまだまだ羞恥《しゅうち》が先立って、そんな台詞《せりふ》は口に出せなかった。

シャワーの水流が胸の谷間をぬって、早苗の足の間を伝う。

その刺激だけで、腰ががくがくと揺れた。早苗の中心はシャワーの水ではないもので湿りはじめている。乳首も硬く膨らんできた。

「ひどい？　何が？」

透は大げさに肩を竦《すく》め、シャワーを手にした。

「俺はこうして洗ってやってるだけだ」

手にしたシャワーで透は、早苗の身体についたボディシャンプーを洗い流していく。早苗の乳首を狙い、水流をかすめさせる。

「んんっ……。やっぱり、ひどい……」

早苗は掠《かす》れた声を上げ、目元を赤く染めて透を軽く睨《にら》んだ。

「どこが？」

喉の奥で笑いながら透は、ぷっくりと膨らんだ乳房の頂《いただき》にシャワーを当てる。

「ああっ、あんっ」

いくつもの小さな舌でつつかれるような感覚に、早苗は鼻にかかった声を上げ続けて、もじもじと膝を擦り合わせていた。

乳首の刺激がダイレクトに下腹に響いて、じっとしていられないのだ。

「かわいい。早苗」

早苗の焦《じ》れ方に、シャワーだけでは物足りないのを悟ったのか、透は直接乳首を唇で挟んだ。

「ふっ、あ……」

シャワーとは違う感覚に早苗は首をのけぞらせ、自分の乳首を舐める透の頭を無意識に抱え込んだ。そうして彼の舌をもっと深く感じようとする。

「ああ……。透さん……。透さん……」

それに応えるように透は早苗の腰をしっかりと抱く。

「早苗……。好きだ」

好きだと言われるだけでも全身がぞくぞくして気持ちいいのに、透は乳首を含んだまま言う。だからよけいに早苗は感じてしまって、もう立っていられなくなった。

がくりと倒れそうになったところを抱き直し、透は早苗の身を反転させた。そうやって早苗の背中を壁につけ、膝裏から回した手で片方の足を高く持ち上げる。

そうされると両足の狭間が丸見えになってしまって、早苗は恥ずかしさに泣き出したくなった。けれど、それ以上に期待で心も身体も震えて熱くなる。

透はまだ早苗の身体についていたボディシャンプーを泡立たせ、早苗の茂みのあたりを揉みこむ。茂みの下には敏感な突起が隠れているから、たまらない。

男の大きくて熱い掌で擦られて、たちまち硬くしこる。

ふと視線を落とすと、掻き分けられた茂みの中から赤い実が覗《のぞ》いているのが見えた。

白い泡とのコントラストのせいで、ものすごく強調されていやらしい。まるで透に触ってくれと主張しているように見える。

「あ、あぁっ、あっ……」

目にも甘い刺激を受けてしまって、早苗は大きく喘《あえ》ぐ。

じわりと愛液が滲《にじ》み出し、ボディシャンプーやシャワーのお湯とは別な物で濡れはじめた。

「くす。俺はまだ触っていない」

乳首に唇を当てたまま透は笑い、指先でぴん、と早苗の突起を弾いた。

「やっ、やあぁ……んっ」

甘い電流が、全身を駆《か》け巡る。脳までショートしそうな気持ちよさに早苗は酔って、無意識のうちに腰を揺らしていた。

こんな場所じゃ嫌だ。恥ずかしい。早くベッドできちんと抱いて欲しい。

そう思うのだけれど、身体はもっと、と求めている。一度火がついてしまった早苗は、もう後戻りできない。

ちゃんと見る勇気はないけれど、透ももう熱く屹立《きつりつ》させているだろう。

透の指使いが激しくなる。突起を弾いたり、押し潰したりして、早苗にあられもない声を上げさせ続ける。

しまいには、指で摘まんで軽く引っ張られた。同じように乳首も唇で挟まれ、捻《ねじ》られる。

「やっ、あぁっ！」

びくん、とそこが跳ね上がった。

ひくり、と挿入されてもいない中心が動く。きっともう花が咲き誇っているだろう。

「はっ、はぁ」

早くも達してしまった早苗だが、透のいたずらな指と舌はまだ止まらない。乳首に触れるか触れないかの場所をねっとりと舐められる。すると、もどかしいような痒《かゆ》いような感覚に囚《とら》われ、早苗は胸を突き出してしまう。硬く尖《とが》ったそこを透は舌先でつついて、少しだけ早苗のもどかしさに応えてくれるけれど、そんなのじゃ収まらなかった。

「んっ……」

もっと、と言いたかったけれど、まだ早苗の中には羞恥《しゅうち》がある。そんなおねだりはできない。したほうが楽になれるとわかっていても……

「透さ……んっ」

代わりに早苗は愛しい男の名を呼ぶ。とたんに軽くつつくだけだった透の舌の圧力が強くなった。

先端をきゅっとへこませるようにしてから、口の中で転がすように何度も舐められる。わかってくれたという思いと、気持ちよさに満たされ、早苗は涙を浮かべる。人は悲しくても、嬉しくても涙を流すけれど、こういう身体の喜びでも涙が出るものなんだ、とぼんやり思う。

透はそんな早苗と違ってまだまだ余裕で、乳首を吸いながら、敏感な突起に触れていた指を下へとずらしていく。

待ちわびたように花開いている中に、つぷりと指が潜り込む。

その指を押し出す勢いで早苗の中は濡れ、とろりと蜜を溢《あふ》れさせた。あまりの気持ちよさに、早苗は透の指を締め付けてしまう。

さっき突起だけで達してしまったから、敏感になりすぎているのだ。どこをどう触れてもぴくぴくと肉襞が蠢《うごめ》く。

「あ、いや、やっ……」

また達してしまいそうな予感に早苗はもがく。

指から逃れようと身をくねらせるのだけれど、そのたびに中の指があちらこちらに擦りつけられる快感に翻弄《ほんろう》され、シャワーなのか、自分の蜜なのかわからないものが太腿を伝っていった。

次の瞬間、透に指の本数を一本から三本に増やされて、早苗の一番いい場所を強く擦りながら出し入れされる。

それだけでもう上りつめて果ててしまいそうなのに、透は胸を弄《もてあそ》んでいた舌をつうっと下腹部にまで滑らせてきた。

「駄目、やっ、ああっ」

何をするの？　これからどうなるの？

早苗は太腿を引き攣《つ》らせながら、また軽く達した。

そのとたん激しく中が窄《すぼ》まった。透の三本の指をきゅうっと締め付けてしまう。そんな自分の反応が恥ずかしくて耐え切れず、早苗はすすり泣く。

その泣き声さえも甘い。

淫《みだ》らな声しかもう出ない。自分でも耳を覆《おお》いたくなるような声だ。こんな声出したくないし聞かせたくない。恥ずかしい。

早苗は懸命に唇を閉じ、バスルームの壁についた手を握り締めた。

なのに……

「声、殺すな」

透に言われてしまって、早苗はあっけなく唇を開いた。

「ふっ、んくっ……」

それでもどこかでまだ自制心が働いていて、小さく喘《あえ》ぐ。

「もっと、声聞かせて……」

出しっぱなしだったシャワーが透の手で止められる。水音に邪魔されない環境で、早苗の声を聞くつもりらしい。

バスルームには、早苗の声と息遣いだけが響く。

透は早苗の内腿に口付けた。きつく吸われて、つきんとした痛みが一瞬広がる。けれど透の指に入っている場所近くを刺激されたことで甘く潤《うる》み、早苗は気持ちよくなってしまった。

次に透が狙ったのは早苗の突起だ。充血して膨らんでいる芽を舌でついてくる。蜜壺には指を、その上の突起は舌を這《は》わされる。

下半身すべてを透に奪われている。

「ん、んんっ……」

早苗の鼻から洩《も》れた息が甘く響く。嫌だと思いながらも早苗は自分の声に感じてしまう。

ぬぷっと、いやらしい音が響いて透の指が抜かれる。じんとした痺《しび》れが全身に広がり、とろりと新たな蜜が溢《あふ》れた。

がくがくと早苗の足が震える。もう本当に立っていられない。

それがわかったのか透は早苗を床に座らせた。それから両膝を立てて、足を大きく広げられる。

さらに綻《ほころ》びを指で割られて、もうとろとろになっている場所に舌が伸ばされた。

「あ、駄目っ！　やっ、汚いっ」

口で愛撫されて、早苗は慌てて足を閉じようとしたけれどできなかった。もう身体に力が入らないのだ。

それに駄目だと思っているのに、襞《ひだ》が収縮して透の舌を誘い込むように動いてしまう。

弾力のある柔らかな舌が襞をなぞり、溢れて止まらなくなっている早苗の蜜を啜《すす》る。透の息が尖《とが》りきった突起に当たり、早苗は小刻みに震えた。

「ん、ふっ……んっ！」

大きな声を上げてしまいそうで、唇を噛み締める。すると指が伸びてきて、乳首を弾かれた。

「あ、あっ……いやっ」

声を聞かせろ、と言われたのに、堪《こら》えたからお仕置きをされたのだろうか。なんだかそんな気がして、早苗は快感に震える。

でも、こんなに気持ちがいいお仕置きだったら……

蕩《とろ》けはじめた頭で、とってもいやらしいことを考えてしまって、早苗は羞恥《しゅうち》で真っ赤になった。同時にびくんと、腰が浮いてまたしても軽く達してしまう。

「何を考えた？」

早苗の身体も心もすべてわかっている、と言いたげに透が足の間から顔を上げた。

ふるふると早苗は首を振る。

嘘はつきたくないけれど、言えるはずがない。

「ふっ。本当に……」

透の目が細められる。口元には優しい笑みが浮かんでいる。けれども瞳は獰猛《どうもう》な雄のそれだ。早苗を熱く見つめている。

「お前、たまらない……」

そういう透さんもたまらない……

早苗は心の中で言う。

普段は優しくさりげない気遣いを見せる、物静かな男なのに、愛し合う時は変貌《へんぼう》する。激しく強引に、そして意地悪に早苗を追い詰めて、蕩《とろ》けさせるのだ。

今もそうだ。さっきから透がしかけてくることは、どれもこれも早苗には刺激が強すぎる。

でも、こんな彼を知っているのは私だけ、と思うと早苗は嬉しい。自分にだけ男の欲望をぶつけてくる。だから少しくらい恥ずかしくても早苗は受け入れてしまう。

笑っていた透が不意に眉間に皺《しわ》を寄せ、ぐっと早苗の手を引っ張り無理矢理立たせた。

えっ、と思う間もなく、身体を反転させられ、壁に手を突かされる。そのまま透が背中に覆《おお》いかぶさってきた。

彼の熱い屹立《きつりつ》が早苗の腰のあたりに当たっている。それは今まで流れていたシャワーの水気とは違うもので濡れていて、粘ついていた。

「あっ……」

透さんももう……

余裕がなくなってきているんだ。そう思うと、自然に早苗の顔が綻《ほころ》んだ。早く彼が欲しい。一つになりたい。愛されたい。

気付くと早苗は自ら腰をうしろに突き出していた。

「早く」とか「もっと」とは言えないけれど、身体は正直だ。

「ふっ、あっ……あぁ……。透さ……」

恥ずかしくて消え入りそうになる声で早苗は呼ぶ。とたんに腰にあった熱の塊がぴくりと動いた。粘つく感触を残しながら、それはずるっと滑り、早苗の足の間に潜り込んでくる。

蕩《とろ》けきっていた早苗は、透の逞《たくま》しい雄の証をするりと受け入れてしまう。

「あ、熱い……。ん、あぁっ」

思わず掠《かす》れた声を上げる。

「お前も……。はっ……。熱い。火傷《やけど》しそうだ……」

透はさらにぐっと腰を進めてきた。

「ひゃっ、あっ！」

一番感じる場所を擦りながら入ってくるから、早苗はひとたまりもない。思わず壁に爪を立ててしまう。

そうして耐えないとまた、達してしまいそうだったのだ。

今度はちゃんと透さんと一緒に……。もう一人じゃ嫌……

「無理するな。何度でも……イッていいんだから」

背中に透の笑い声が降ってくる。その吐息さえ気持ちよくて、早苗の肌はぞくりと粟《あわ》立《だ》つ。

そういう小さな反応もすべて早苗の身体の奥と繋がっていた。熱い屹立《きつりつ》に襞《ひだ》がまといつくのが自分でもわかる。

「や、や……」

自分の反応が恥ずかしすぎて、早苗は顔を振る。それすらも振動として伝わって、早苗は自分で自分を追い詰めていた。

「気持ちいい？　気持ちいいなら素直にそう言って……」

気持ちいい。けれど恥ずかしくて言えない。

「言って。お前は素直なのが取り柄だろ？」

微《かす》かに笑われた。早苗が口で言わなくても、身体は正直な反応を示す。ぴくぴくと襞が動いて透を捕まえている。

吐く息が熱くて、腰がうねり、心とは裏腹に気持ちよさを追求してしまう。

「ほら……」

透が動きはじめた。早苗の中に収めたまま、ゆるゆると中で円を描く。

「はっ、はっ、あ……」

溶けちゃう……

自分の中が透でいっぱいになって、内側から溶かされてしまう。それが怖いけれどとても甘美で、早苗はうっとりと目を閉じた。

いつまでもこのままゆっくり蕩《とろ》けていたい。

そんなふわふわした感覚の世界から、早苗は無理矢理透に引き摺りだされる。

前に回ってきた透の手が、乳首と敏感な突起の両方を弾いたからだ。

「はっあっ！」

一際《ひときわ》高い声を上げてしまう。その声が狭いバスルームに反響し、ものすごくいたたまれない。

「ああ……。いい声だ。もっと、聞かせて……」

透にせがまれた。

せがまれなくても、早苗はもう声を殺せない。

乳首と乳首以上に尖《とが》ってしまった芽と、潤《うる》みきった蜜壺の三ヶ所を責められて、喘《あえ》ぎ続けている。

ぐっと最奥まで進めたかと思うと、ぎりぎりまで抜かれ、また押し込まれる。そのたびに綻《ほころ》びがめくれ上がり、彼の屹立に巻き込まれる感じがした。

たまに最も感じる場所に先端を押し付け、こねくり回される。

「や、ああ。あっ。あっ。も……。んんっんっ！　も、駄目っ」

「何が駄目？」

そう聞きながらも透は早苗を追い詰め続ける。

「だ、だって……。おかしくなっちゃう……んんんっ」

もう本当に駄目だと思った。気持ちよすぎて変になる。

「いいんだ。おかしくなっても……。くっ……。はっ……」

透の息も弾んでいる。早苗を追い詰めていたはずなのに、透のほうが追い詰められているようだ。

「あ、早苗……。俺のほうが……」

透の熱が増して、自分の中で暴れるのがわかった。

「ん、あ……」

名前を呼ばれると、もうたまらなくて、早苗は大きく腰を跳ね上げる。これ以上ないくらいに襞《ひだ》がうねり、透をきつく包み込む。――そして、上り詰めた。

「あーっ！」

快感の頂《いただき》で悲鳴に近い声を上げる。そんな早苗の腰に、透の熱い飛沫《しぶき》が叩きつけられた。

寝返りを打った直後、早苗は身体の痛みとだるさにびっくりして目を覚ました。

あ、私……。なんで？

見慣れない天井をぼんやり眺め、ここは透の部屋だったと思い出した。思い出したとたん、かっと身体が熱くなる。

やだやだやだ。私、あんな……。昨夜……

バスルームで一度。ベッドへ連れてこられてからも一度、早苗は透と愛し合った。

今までにも数度透と愛し合ったけれど、昨夜はなんだか激しすぎた。

どうしてだろうと考えてから、初めてのお泊まりだからなのかと妙に納得した。

そうか……。いつも次の日も仕事だったから、ひょっとして……

透さんはセーブしていたのだろうか？

私があんまり、その、色々と初心《うぶ》だったから？　昨夜のが本当の透さんの愛し方？

そして自分の痴態を思い出して、早苗は枕に顔を埋める。布団を頭から被ってもじもじしてしまった。

あれ？　でも……

なんで透さんはいないんだろう。早苗は顔を曇らせる。

今日は休みなのだから、一緒に寝ていても変じゃないのに……

「透さん」

不安になって出した声は、ものすごく掠《かす》れていた。それに喉が痛い。昨夜、喘《あえ》ぎすぎたせいだろう。

もう……。

そんなに声を出していたのかと、羞恥《しゅうち》がこみ上げた。

季節が季節だから、声の調子が戻らなくても、誰かに聞かれたら風邪だとごまかせる。けれど、少しは文句を言ってやりたい。

そんな気分になって早苗はベッドから起き上がった。

昨夜そのまま寝てしまったから裸だ。エアコンの入っていない部屋は冷えていて、早苗は寒くて両手で自分の身体を抱いた。

それにしても透さんはどこ？

バスルームにいれば音がするはずだし、クローゼットに隠れられるわけもない。もちろんベランダにだっていない。

じゃあ、店？

時計を見ると、午前十時になっている。営業日ならちょうど開店の頃だ。

今日も営業日だと勘違いして、店に？

そんなわけないと思ったけれど、どう考えても店しかないと、早苗は手早く着替えて階段を降りた。

「いや。今日は……」

階段の途中で透の声が聞こえてきた。

どうやらスタッフルームで誰かと話しているようだ。

来客？　それでいなかったの？

スタッフルームの扉は微《かす》かに開いている。早苗は相手を確認するために、そっと隙間から覗《のぞ》いた。

相手によってはお茶を出したほうがいいかと思ったのだ。

しかし、中にいるのは透一人だった。透は寝巻き代わりにしているらしいTシャツとジャージ姿だ。

スタッフルームの電話で誰かと話をしている。そういえば夢うつつに電話が階下で鳴っていたのを聞いたっけ。

電話に気付いた透が早苗を起こさないように、そっと抜け出してきたのだろう。来客ではないのならと早苗は、一瞬スタッフルームへ入るかどうか悩んだ。

「駄目だよ。会えない。わかってるだろ？」

その声に、早苗の身体は固まった。

そうだった、と早苗は少し唇を噛み締める。

透にはたまに女性から電話がかかってくるのだ。

透と付き合う前も早苗は何度か見聞きしていた。その時、透が相手を嫌がっていない、というのは感じた。それどころかたまに嬉しそうな表情も見せていた。

だから、真由子は彼女からの電話だと誤解していたのだ。早苗も彼女からの電話ではないかと思っていた。

付き合う時に、透さんは彼女じゃないと説明してくれたけれど……

それでも透は相手ととても親しそうだ。

彼の言葉を信じている。透が彼女じゃないと言うのだから、本当に彼女じゃないのだろう。ただ、ほんのりと不安なのだ。そういう気持ちを男性は理解してくれるんだろうか。

また、いつもの人から電話？　とさりげなく聞きながら入ればいいのかもしれないけれど、勇気が持てなくてできない。

付き合いはじめたばかりで、透の交友関係をあれこれ聞くのは彼を疑っているみたいで嫌なのだ。その結果、つい立ち聞きする形になってしまった。

「みーちゃん。だから俺は君の彼氏ではないんだよ？」

早苗はどきりとした。

みーちゃん？　君の彼氏じゃない？

そんなふうに相手の名を呼んで、さらに君の彼氏じゃないと言うなんて……

まさか……。元カノと電話してる？

ドキドキと鳴る自分の心臓の音がうるさくて、透の声がよく聞こえない。

どうしよう。嫌だ私。こんな気持ち、知らない。

嫉妬《しっと》と一言で片付けられない、切なくて苦しい想いがせり上がってくる。

相川や真由子に相談したら、きっと「相手が誰なのか聞けばいいじゃない」と言うだろう。

しかし、それができないから早苗は辛い。

心も身体もこれ以上ないくらいに愛されている実感はあるけれど、怖くて質問できない。勇気がない。

勇気が出ないのはこんなことを聞いたら嫌われるのではないか、という不安があるからだ。

昨夜抱かれながら、素直なのが取り柄だと透に言われたのを思い出す。しかし、素直に聞いた結果、嫌われたらと思うと怖くて仕方ない。

こういう時にふと、占いを頼りたくなる自分がいる。

卓巳さんの件でもう懲《こ》りているはずなのに、駄目だな私。

『占いは迷っている時のちょっとした手助けにはいいけれど、何もかも占いに頼るのは駄目。まず最初に自分で考えて悩むことも必要』

というのが透の持論だ。早苗はもっともだと思う。だからもう絶対に占いは見ないと決めた。

でも……どうしよう。どうしよう。

早苗は立ち聞きがまずいとわかっていながらも、ドアの前から離れられなくなっていた。

「お前、ちょっとわがままだ。すぐに……」

少し尖《とが》った透の声が洩《も》れてくる。

電話の相手が早苗にとってはある意味邪魔な元カノだとしても喧嘩《けんか》して欲しくなくて、早苗はドアを開けようとした。

自分が入っていけば、気がそがれるのではないかと考えたのだ。

「あの……。透さん」

おずおずと早苗はドアから顔を出した。

早苗に気付き、透は少し気まずそうな顔になって通話口を手で覆《おお》った。

「おはよう。もう少し寝てればいい」

『誰？　彼女？　うまくいってるんだぁ？』

透の手の中の電話から、小さくそう言う声が聞こえた。若い女性の声だ。

うまくいってるって何？

その台詞《せりふ》を聞き、やはり透の元カノに違いないと直感し、早苗の胸がかっと熱くなる。

「ああ。そうだ。彼女と一緒だ。だから今日は……」

透は素早く電話を持ち直し、反応している。

「あの、透さん。電話の方と急用なら……。私、帰りますけど……」

本当は帰りたくない。けれど、このまま自分がいたら透を困らせてしまいそうで、早苗はついそう言っていた。

「いいのか?」

透が眉を上げて聞いてくる。

「う。うん。だって相手の方、なんか困っているんでしょう?」

早苗が答えると、透はものすごく苦渋《くじゅう》に満ちた顔つきになった。

『ねえ、ちょっと。ねぇ』

相手が焦《じ》れている声が洩れてきて、早苗は思わず電話を透から奪い取っていた。

「もしもし。今、彼を行かせますから。私なら大丈夫ですよ」

なんでこんなこと言ってるんだろう。

後悔したけれど、もう遅い。電話の向こうの相手が息を呑む音が聞こえてくる。背後では透の唸《うな》るような声が聞こえる。

『えっと……、あの……』

相手は何か言いかけたが、早苗は聞きたくなくて、慌てて電話を透の手に押し付けた。

そのまま誰もいない店内に走り込む。

やだやだやだ。私……。何やっているの？

早苗はきつく唇を噛む。

「早苗っ」

呼び止める透の声が聞こえたけれど、聞こえないふりをする。

ああは言ったけれど、断ってくれればいい。相手の女性も遠慮してくれればいい。

本当はそう願っていたのに、しばらくして店に顔を出した透を見て、早苗は目を瞠《みは》った。

透は見慣れないスーツ姿だったのだ。

スーツを着ると二十九という実年齢よりさらに大人の男に見えて、早苗は彼に惚れ直す。

同時に出かける気になったのだと、悲しみに押し潰されそうになった。

「ありがとう。すぐ戻ってくる」

顎《あご》に手をかけられ、顔を上向かされた。そして額に軽くキスを落とされる。

キスをされ、「ありがとう」と言われると、早苗の悲しみは少し薄らいだ。だから辛《かろ》うじて言葉を発することができた。

「どこへ？」

本当はもっといっぱい聞きたいことがある。みーちゃんって誰？　元カノ？　なんで私と過ごすよりも優先するの？

自分から、行けと言っておきながら、頭の中はそんな言葉でいっぱいだ。

しかしそれを口にすると、透をなじってしまいそうだし、急いでいるような彼の時間を奪いたくなかった。

「ああ。ちょっと、どうしても占って欲しいって言われて、海洋ホテルまで行ってくる」

海洋ホテルといったら一流の施設だ。だからスーツなんだ……とぼんやり早苗は思う。でもそこで占いって……。透さんは自分はプロじゃない、むしろ占いは嫌いって言ってたのに……

「本当にすぐ戻ってくるから待っててくれ」

透は片手をあげ、コートを掴《つか》むと早苗を一人残して出かけていった。

＊＊＊

『今日の山羊《やぎ》座のラッキーカラーは赤。ラッキーアイテムはラジオ。思っていることをきちんと相手に伝えると、物事がスムーズに進みます。パートナーとは感情的にならず話し合いましょう』

透が出ていったあと、早苗は二階の透の部屋へ戻り、しばらく呆然としていた。

しかし、そうやっていると余計悲しみが増すばかりだと思い、ふたたび階下の店に行く。

月曜からここで働くのだし、気分転換しよう。

そう思い、あちらこちらを見て回り、ついでに店のラジオをつけた。

そのとたん占いが流れてきたので、慌ててラジオを消す。

もう占いには頼らないんだから……

それでもラジオの声が耳に残っている。

『思っていることをきちんと伝えると、仕事がスムーズに進む』……

確かにそうだよね。きちんと思いを伝えなきゃ……

透が海洋ホテルへ出かけてから、三時間経っている。

一人で彼を待つのが辛い。

怖がらないで、自分の感情を全部ぶつけてみようかな?

深呼吸をする。

早苗は少し前向きな気持ちになっていた。それはやはり、気にしないと決めたはずの占いの影響が大きくて……

なんの気なしにつけたラジオがラッキーアイテムだったことに背中を押された。しかも朝着替えた下着は、相川にもらったラッキーカラーの赤だ。

早苗はふたたび二階へ戻り、帰ってきたらなんと最初に言おうか、どう聞こうかとあれこれ考え出す。

そうやって考えていると、あっという間に時間が経ち、透が帰ってきた。

「早苗」

名前を呼ばれ頬《ほお》にキスされる。

「あ、お帰りなさい」

「悪かった、急に出ていって……」

心から申し訳なさそうにしている透に、さっきまでの悲しみが一瞬、和らぎかけた。しかし彼の身体から漂ってくる甘い匂いに早苗は、新たな悲しみの種を見つけてしまった。

服に匂いが染み込むなんて、かなり密着しない限りないのではと、きりきりと早苗の胸が痛む。

「どうした？　変な顔して」

「その匂い……」

「匂い？」

透はスーツの上着を脱ぎ、鼻を近付け、くんくんと匂いを嗅《か》いだ。

おそらく長時間同じ匂いを嗅いでいて、すっかり慣れてしまっているのだろう。

そう考えて早苗は嫉妬《しっと》してしまう。

「匂い、してるじゃない……。若い女性向けフレグランスの」

声が尖《とが》ってきてしまうのを止められない。

「ああ。これか……」

透はこともなげに笑う。

「ホテルの部屋が暑かったから、スーツを脱いで椅子の上に置いていたんだが、その下にあいつの化粧ポーチがあったから匂いが移ったんだろう」

透はそう言ったけれど、早苗はほとんど聞いていなかった。

「あいつ」という透の親しみのこもった言い方にショックを受けていた。

「親しいんだ……。その女性と……」

「ん？」

早苗の様子の変化を察知したらしい透が眉を跳ね上げた。

「彼女ではないよ。前にも言わなかった？」

宥《なだ》めるように、ベッドに座っていた早苗の足元に跪《ひざまず》き、見上げてくる。

「でもっ……、元カノなんじゃ？　みーちゃんって……。いつも電話かかってきてて……」

「早苗……何か……誤解……」

透は自分の頭に手をやり、くしゃくしゃと髪の毛をかき混ぜた。

それから立ち上がり、早苗の隣に座ると肩を抱きしめてくる。

「その匂いをさせたまま、私を抱かないで！」

思わず強い調子で言ってしまってから、早苗は自分でも驚いてハッと目を見開いた。

自分の中に、こんなにも強く醜《みにく》い嫉妬《しっと》の感情があったのかと、震える。

「悪かった」

わずかに眉をひそめてから、透はぱっとワイシャツを脱ぎだす。

透は下に着ていたアンダーシャツまで脱いで、上半身裸になった。

「これでいいか？」

言い過ぎた、申し訳ないと思いながらも、素直になれなくて、早苗はただうなずく。

「そういえば、俺はまた、話したつもりになっていたが……」

ふっと溜め息を吐き出して透は唇を歪《ゆが》める。

「いつも電話をしてくるのは確かにみーちゃん。美久《みく》だ。けれど彼女はイトコだ」

本当だろうかと、早苗は一瞬疑ってしまったけれど、彼が嘘をつくわけはないと思い直し、透の言葉に耳を傾ける。

「母親を亡くして、その上父親は海外出張が多くて不在がちで、わがままになってしまったんだけれど……。それに今プライベートでも色々あって……。だから俺がついていてやらないと……」

「その……。だからわがままに付き合って今日も占いを?」

早苗は大きく息を吸い込んでから、思い切って聞いた。

「ああ。占いは、これも……、はっきり言っていなかったと思うけれど、したくない。前に俺がやった占いを信じ込んだ人が……」

透はそう言って、苦しげな顔になった。

だから早苗はこの話は突っ込んで聞いたらいけないと感じ、深く追及しなかった。

第一、今早苗が知りたいのは別のことだ。

「占いは少しだけ参考にする程度にしておくものだと思う。何もかも占いに頼って自分で考えないのはよくない」

前にも似た言葉を透は口にしていた。早苗は、大きくうなずく。

「でもみーちゃん、美久には俺のそんな思いなんか伝わっていない、というか、俺が言っても気にしないんだ。今日も友達とパーティーをしていたらしく、その余興《よきょう》に占いをしようと俺を呼び出して……」

透は肩を竦《すく》める。

「それで透さんは行ったのね?」

「悪かった。行くべきじゃなかった。お前が直接美久との電話に出て、行ってもいいって言っても」

「それはっ……」

早苗はかっと全身を熱くした。

あれは、聞き分けのいい女のふりをして、自分がいい子ぶりたかっただけだ。

しかも自分から電話を代わって、透を行かせるなんて言った。

よく考えると、聞き分けのいい女どころか、嫉妬《しっと》に狂った女にしか見えないんじゃないかと、早苗は自分の行為を恥じる。

「ご、ごめんなさい。本当は行って欲しくなかった。でも、その……」

「ああ。そうだな……」

透は早苗をふたたび抱き寄せて、耳元で軽く笑った。

急に落ち着かなくなってきた。透は上半身裸だし、ベッドの上だし肩を抱かれていて……

「え、ちょっと待って……。そうだなって……」

落ち着かない気分のままだったけれど、早苗は透の言葉を聞き逃していなかった。

「わかっていたの？　その、私が意地を張ったって……」

それには答えず、透は早苗の耳朶《みみたぶ》を唇でくすぐってきた。

耳から身体中にぞくっとした甘い痺《しび》れが走り抜ける。

「ごめん。あまりにも久々だから……」

何が？　と聞き返す前に唇を奪われた。

それだけで早苗は陥落《かんらく》してしまう。なんだかキスで騙《だま》されているような気もしたけれど、この甘さに逆らえない。

「こんなに真剣になる相手が現れたのは久しぶりで……。あまりにもお前が好き過ぎて……。どうしたらいいのかわからない……」

軽く唇に唇で触れながら、透がさらにそんな台詞《せりふ》を言うから早苗はもうたまらない。自ら透の口の中に舌を差し入れていた。

透もすぐに応えて、早苗の舌を吸いながら、ベッドに押し倒す。

二人の重みでベッドが軋《きし》む。その音が妙に恥ずかしくて早苗は耳を塞《ふさ》ぎたくなった。

昨夜さんざん愛し合ったのに、また……

けれど、もう身体が潤《うる》んできているのがわかり、早く透に愛を打ち込んでもらわなければ、身体が止まりそうにない。

着ていたブラウスをめくり上げられ、透の手が胸に這《は》ってきた。しかし、すぐに止まる。

どうしたんだろうと、ベッドに押し付けられてからずっと瞑《つむ》っていた目を開けると、少し驚いている透と目が合った。

「な、何……？」

「あ、いや……、こういう色、珍しいと思って」

その言葉に早苗は思わず胸を隠してしまった。相川にもらった真っ赤な下着をつけていたのだ。

「そ、その、相川さんからのプレゼントで……」

下着と同じくらい真っ赤になりながら答えると、透が笑った。

「たまにはいいな……。ものすごく色っぽい……」

そう言って透は下着の上から早苗の胸を揉み、カップをずらさないようにして指を入れてきた。

「あっ……」

いつもより感じた。

透の愛撫の仕方が違うからだろうか。

「下も赤？」

聞かれて早苗はうなずく。

「それは楽しみだ」

早苗はもう何も言えず、次から次へと送り込まれる快感に酔った。

三

『今日の山羊《やぎ》座の……』

いけない。

早苗は慌ててテレビのチャンネルを替える。

もう絶対に何があっても占いには頼らないんだから……

習慣とは恐ろしい。

いつもの時間に起きると、どうしてもいつものチャンネルにあわせてしまう。

よくよく考えると、今までの会社と違って、『オアシス』の開店時間は遅い。だからもっとゆっくり寝ていてもいいのだが、目が覚めてしまったのだ。

しかも……

「早苗ー、朝ごはんよ」

階下の母に呼ばれる。

前の会社より出勤時間が遅いから、朝食の準備を手伝おうと思っているけれど……結局今日も作らせてしまった。時間に余裕があるからといって、朝の支度に時間をかけすぎているせいだ。

『オアシス』の制服は、透や卓巳がしていたのと同じカフェエプロン。

それ以外は自由なので悩む。

長いスカートは動きにくいし、かといってミニでも行動が制限されてしまう。

そうなるとジーンズにこの季節だとフリースが一番いいのだが、色気がなさすぎる。

透と一日中一緒にいるのだ。彼に少しでもかわいいとか、綺麗だと思ってもらいたいから、あまりにもラフな格好はしたくない。

そんなこんなで、あれこれ迷っているうちに時間が過ぎてしまうのだ。

これからは寝る前に決めるようにしよう。

よし。今日はこれ。

早苗は一番お気に入りの服を選ぶ。これで髪の毛はポニーテールにして……

カフェエプロンとの釣り合いも悪くない。

鏡の前で納得してから、早苗は階下へ降りていった。

「おはようございます」

そう言って『オアシス』の店に裏口から入るのは、とても新鮮だった。

ここで働きはじめて、もうすぐ一週間だ。その間美久から何度か電話がかかってきたが、透はすべて断っていた。

「おはよう。もう少し遅くてもよかったのに」

透は早苗を一目見て、とても嬉しそうに微笑んだ。

私と一緒に働くのを、透さんも喜んでくれているのかな。

早苗はそう感じ、幸福感に浸《ひた》る。

透はすでに白いシャツとカフェエプロンを身に付けて、冷蔵庫の中身をチェックしていた。

髪が少し湿っているのを認め、早苗は毎朝彼がジョギングしていたのを思い出す。

透は朝起きるとすぐにあの公園に走りに行き、開店前にシャワーを浴びるのだ。

髪が湿っているのは、まだシャワー直後で、ドライヤーを適当にかけたからなのだろう。

「透さん、今日も髪の毛が濡れてる……」

彼の髪にそっと手を伸ばして、早苗は笑顔を見せた。

「あ？　すぐに乾くさ」

そんなことに頓着《とんちゃく》しない透が好きだ。

こんな些細《ささい》な会話からも、早苗は彼をますます好きになる。

これからもずっとこんな幸せな毎日が続くんだと思うと、自然とにやけてしまう。

「どうした？　変な含み笑いして」

「ちょっと……思い出し笑い……」

早苗はにやけてしまったのをごまかして、店のラジオをつけた。

スイッチはカウンターの中の壁に設置されている。流すのが有線放送ではなく、あくまでもラジオなのは前の店長のこだわりだと聞いた。

店内のスピーカーからクリスマスソングが流れ出した。

「あ、そうかクリスマスまであともう三日なんだ」

透にプレゼントを買っていないのを思い出し、早苗は焦《あせ》った。透と付き合いはじめて最初のクリスマスだから、何がなんでもプレゼントを渡したい。

ん、でも、店があるから、普通のカップルのように当日デートに出かけることはできないか……

少し寂しいけれど、閉店後にそれらしいことはできるだろう。

閉店後の店で二人でケーキを食べるだけでも嬉しい。

「……ああ。そうだな……」

透の返事に間があった。

そして、次に出てきた言葉を聞いて、目を瞠《みは》る。

「クリスマスイブは店を休む。お前とも一緒に過ごせない」

「えっ？」

店を休むのはまだいいとして、一緒に過ごせない？

ほんの数秒前、早苗は透とのクリスマスイブの過ごし方を想像したばかりだ。なのに一緒に過ごせないって……

「えっと、理由、聞いちゃ駄目かな？」

「あ、ああ……。命日……だ。だから……」

命日？　誰のだろうと思ったが、透の顔がとても悲しそうで、なんだか聞けなくなってしまう。

その時、ラジオからジャズアレンジのクリスマスソングが流れてきた。

「この曲……」

透が懐かしそうに目を細めた。

「マスターが好きだった」

マスター？

あ、『オアシス』の前の……

イブはきっと前マスターの命日なんだろう。

それでも、できることなら早苗は、一緒に前マスターの命日を過ごさせてほしいと思っていた。心に壁を作られたようで少し寂しくなる。

二人きりで墓前で会話をしたいのかもしれないけれど……。聞きわけのいいふりをしようとするけれど、結局寂しいのだ。何も話してもらえないのが……。説明がないのが……

恋人同士だからって、秘密が一つもない関係を望んでいるわけではない。誰だって言いたくないことの一つや二つあるんじゃないかと思うから。

それでも……。どうしよう……

早苗は迷う。この迷いや躊躇《ちゅうちょ》を溜め込むと、また自分はつまらないことでぐるぐると悩みそうな気がする。だからやはり聞いてしまいたい。

うん。思い切って聞こう。それで透さんが少しでも曇った顔したら、その時はすぐに引き下がろう。

「あのね、透さん……」

「二十五日も店を臨時休業にしよう」

早苗が話しかけるのと、透が言ったのは同時だった。

「え？」

休業という言葉に驚いて、早苗は自分の質問を引っ込めてしまう。

「どうしていきなり休みに？」

「決まってるだろ」

透は早苗の頬《ほお》に軽くキスをする。

「二人きりでクリスマスを祝うんだ。イブだけがクリスマスじゃない……。むしろクリスマスは二十五日が本番だし」

なんだかその言い方が子供っぽくて、早苗はくすりと笑ってしまった。

「笑うな」

短く言って透は早苗の鼻を指でぴんと弾いた。

「今からじゃ、どこの店も予約を取るのはきついから、ここで……。あまり代わり映えがしなくて申し訳ないけれど……」

「そんなことない」

早苗は頬《ほお》を上気させた。

「でも……お客さんに悪いんじゃ？　二十四と二十五続けて休みにするなんて……」

住宅街の中のカフェとはいえ、クリスマスはそれなりに客足がいいのではないかと早苗は考える。

繁忙期《はんぼうき》に休むのはよくないような気がしてならない。

「いや、むしろ休んでおかないと……。大晦日《おおみそか》も三が日も店を開けたいんだ」

「正月休みなし？」

早苗はびっくりして目を何度も瞬《しばた》かせる。

「近所にそれなりに大きい神社がある。常連さんからここが開いていればいいのにといつも言われて……。バイトがいなくてできなかったけれど、今年は早苗がいてくれる」

「初詣《はつもうで》の参拝客を見込めるっていうわけなのね」

透と一緒に働けるのが嬉しくて、早苗は年末年始のスケジュールを確認していなかった。「私はいつでも出勤ＯＫ」と言っていたけれど……まさか正月休みなしで営業するつもりだったなんて、少し驚いた。それならそうと透も言ってくれればいいのに……と不満に思う気持ちもあるけれど、頼りにしてくれるのは嬉しい。むしろあてにしてもらって気分が上向く。

それに、仕事とはいえ年末年始を透と一緒に過ごせるのだ。

今から年末年始を想像するとわくわくしてきて、すっかりイブの墓参りのことを早苗は忘れていた。

＊＊＊

『おはようございます。今日はクリスマスイブですね……。お昼まで気温は……』

朝起きてすぐにテレビをつける。

それから早苗はベッドの中で伸びをする。

「早苗ー。朝ご飯よ」

母の声がした。

「しまった」

早苗は慌てて飛び起きる。

母に今日は休みだと言い忘れていたのだ。

「ごめんなさい。今行くから」

パタパタとパジャマのまま階段を駆《か》け下りる。

その姿にダイニングテーブルにすでについていた父が、驚いて目を丸くした。

「なんだ？　寝坊か？」

「あ、違うの、今日は休みで……」

「なんだそうか」

「やだ、だったらあんたの分、作らなくてもよかったの？　もう、早く言ってよ」

母に言われ、早苗は肩を竦《すく》める。

「ごめんなさい。夕飯は私が作るから」

言いながら早苗は席につき、今日の予定を考えた。

この休みを利用して、彼のためにプレゼントを買おう。

何がいいかな？

高校の頃、当時付き合っていた恋人に手編みのマフラーをあげた経験が、早苗にはある。

しかし、よく考えると、手編みって重かったかも……

どのみち、今年は今からじゃ間に合わない。

太目の毛糸でざくざく編むタイプの物でも早苗の腕だと三日は絶対に必要だ。

それにあんまり上手じゃないし……と、あれこれ考えつつ朝食を済ませ、家を出た。


イブの街は、まだ昼間のせいか、カップルだらけということもなく、早苗はなんとなくほっとしながら、あちらこちらを見て回る。

透にプレゼントを選ぶのは楽しい。

しかし、やはり自分は透のことをあまりよく知らないのだと、少し自己嫌悪に陥《おちい》る。

前マスターの影響なのか、透はジャズが好きだ。

それから、好きな飲み物はコーヒー。毎朝ジョギングをし、テレビは見ない。ニュースなどはパソコンでチェックしている。

本は推理小説を好んで読んでいる。今、早苗が知っているのはこの程度だ。

日中は仕事があるから私語ばかりもしていられず、店が終わるとほとんどすぐに愛し合ってしまうから、会話が少ないのだ。

もう、私ったら……

透さんに抱かれるのは好きだけれど、もっと色々話もしないと……

と、溜め息をついた時、ふいに声をかけられた。

「早苗ちゃん」

呼ばれて振り返ると、真由子が立っていた。

「どうしたの、こんな時間に珍しいわね。というか、すごい偶然」

「あ、はい。今日はお休みなので……」

そう答えると、真由子は一瞬曇った顔をする。

真由子も前マスターを知っているからだろうと、早苗は思った。

「よかったらお茶でも……」

「はい」

早苗は真由子に誘われるままに、近くのカフェに入った。

チェーン店のカフェだ。

『オアシス』とは違って、ざわざわとしていて落ち着かない。

それでもそのざわざわは、人に聞かれたくない会話をするのにはちょうどいい感じだし、それなりに長居できそうだった。

現にノートパソコンを持ち込んで仕事をしている人や、書類を広げてちょっとした商談をしている客もいる。

『オアシス』では見かけない光景を、早苗はひとしきり見回していた。

「何？　いっぱい荷物抱えているわね」

「あ、クリスマスプレゼントです。何を選んだらいいかわからなくて、あれこれ買っちゃいました」

「透さんによね」

真由子は苦笑する。

「明日二人でクリスマスしようって約束してるんですけれど、今から店に持っていって、こっそり置いてこようかな。なんて……」

夕方までには家に帰って、夕飯を作る予定だ。

あちらこちらでプレゼントを選んでいたら、けっこう時間が過ぎてしまって、店へ行くのならそろそろ行かないと、と早苗はそわそわした。

「そうか……。うーんでも今『オアシス』には行かないほうが……」

真由子がまた顔を曇らせた。

早苗はなんとなく不安になる。

「あの……、何故行かないほうがいいって……」

「んー。あのね……」

真由子は少し考え込んでから、思い切ったように早苗の顔を真正面から見つめてきた。

「その、今日休みだよね？　あ、毎年今日休みにしてるのは知ってるけど……」

どうにも真由子は歯切れが悪い。早苗の中に嫌なものが広がる。

ざわざわとして心が落ち着かなくなる。

「なんですか？　確か今日は前マスターの命日で……それで透さんは一人でお墓参りに行くって……」

「前マスターの命日？　前のマスターが亡くなったのは夏のはず……」

言ってから真由子は、しまったという顔つきになった。

「真由子さん、あの……」

前マスターが亡くなったのは夏？　じゃあ今日は誰の命日？　なんで？

心に鋭い痛みが走って、うまく息ができない。

嘘だったの……？　命日って……

「ん、あ、ちょっと待って、あの、今日が前のマスターの命日だって、マスターは本当にそう言ったの？　もしそうなら……赦《ゆる》せない」

ここにはいない透を睨《にら》むように眉を寄せて、真由子はまだ熱いはずのブラックコーヒーを一気にあおった。

真由子のあまりの剣幕に驚き、早苗は慌てて声を上げた。

「えと……。命日って……、よく考えれば私が勝手に思い込んでいただけです」

そうなのだ。

透の口からは一言も誰の命日か聞いていなかったことを思い出した。

でも、だとすると誰の命日なんだろう……

「そう……。そういう嘘はついていなかったってことね……」

真由子はわずかに安堵《あんど》したような表情になるが、それでも苛々したように今度は水を一気飲みした。

「あの真由子さん？　いったい何が？　命日も私、あの……勝手に思い込んでいて……」

「あー。うん。命日は……そっか、早苗ちゃんの思い込みか……、ならいいんだけど、そんな嘘をついていたらって……」

「え、嘘？」

さっと早苗は自分の全身から血の気が引いていくのを感じた。

「一人で行くって言ってたんでしょ？」

はあっと、真由子は息を吐き出し、次いで大きく息を吸い込む。

「あのね、心して聞いてね」

「は、はい」

真由子は早苗の手をぎゅっと握ってきた。

早苗も思わず強く握り返してうなずく。

「マスター、ね、今日女性と歩いていた」

「え?」

最初何を言われたのかわからず、早苗はぽかんと口をあけてしまった。

「人ごみですれ違ったんだけど……。向こうは、その連れの女性との話に夢中で私に気付かなかったみたいで……。私、スマホ弄《いじ》ってたから、すれ違った一瞬しか見なかったんだけど……。でもあれは確かにマスターだった」

「えっと、でも……」

女性と一緒だからといって浮気とは限らない……と早苗は心を落ち着けようとした。

「マスターは黒い服に黒いコートで、女性はグレーのコートだったかな……。とにかく服装からして、命日とか法事とかなのは確かだろうけど……」

「な、何か……」

続きを聞きたいような、聞きたくないような複雑な心境だ。けれど、聞かないで帰ったら、絶対に後悔すると、早苗は真由子の目を見て促した。

「みーちゃんって呼んでいるのが聞こえた……」

「あっ!」

小さいけれど、悲鳴に近い声を早苗は上げてしまった。

みーちゃんの名前を聞くと、いまだに心が痛むのだ。

「みーちゃんって、マスターによく電話してきてた女の名前だよね」

「そ、そうですけれど……。美久さんというらしいです。でも、イトコだって……」

そう。イトコなのだ。イトコと歩いてたって不思議ではない。今日の命日は親戚のだったかもしれない。

「イトコでも結婚はできるんだよ」

自分で自分を安心させようとしている早苗の気持ちを壊すような真由子の一言。

「でも、でも……」

目の前に霞《かすみ》がかかったようになってきた。それが、涙がたまりはじめてきたせいだと、早苗は気付かない。

「あ、ごめんね。でも……、もしも、もしもよ、何かマスターに事情があって、早苗ちゃんとは別の女性と付き合っているとしたら……」

真由子は、どう話を続けていいのか考えているようで、困った表情を浮かべていた。

「腕を組んで、しなだれかかって……『早く婚約指輪を見せてくれ』って、そんな会話が聞こえてきて……。すれ違った一瞬に聞いた話だけど……。もしかすると、親が決めた婚約者がいるのかもしれないって思ったの。あのマスターに限って、早苗ちゃんを裏切るような真似はしないと思うけど、一応教えたほうがいいかなって……」

「そんな……」

早苗の目から、ついに涙が溢《あふ》れた。

「もちろん、私の聞き間違いの可能性もあるし、あの、えっと……」

泣き出してしまった早苗に真由子はうろたえている。

「全部、私の勝手な思い込みというか、誤解の場合もあるし……。マスターが早苗ちゃんに嘘つくとは思えないし、えっと……」

「はい。わかってます。私……」

透を信じている。それに、誰かに何か言われただけで泣き出してしまうくらい気になっているくせに、聞かなかった自分が悪いのだ。

「きちんと、透さん本人に会って確認します」

そう言ったものの、ものすごく怖い。不安だ。

彼を信じている。けれど……

マイナスな思考が早苗の心の中でぐるぐると渦巻く。

「ク……クリスマスプレゼント置きに行きたかったし、今から行ってきます」

自分を奮《ふる》い立たせて、早苗は真由子に頭を下げた。

逃げちゃ駄目だ……

当たって砕けろ。本当に砕けたら嫌だけど……

駄目、何も考えたら駄目。

早苗はぎゅっと唇を引き結び、席を立った。

四

挨拶《あいさつ》もそこそこに真由子と別れ、早苗は『オアシス』に向かった。

透がまだ帰ってきていない可能性もあったけれど、早苗は鍵を持っている。どきどきしながら裏口から入る。まっすぐ二階へ上がろうとしたが、店から話し声が聞こえてきた。

まさか……

早苗はそっと、裏口から店へ続く通路の角から顔を覗《のぞ》かせた。

その瞬間――

「綺麗、この指輪。私、本当に婚約したんだー」

はしゃぐ女の声が聞こえた。

聞き覚えがある。

美久の声だった。早苗からはうしろ姿しか見えないが、真由子が言った通りのグレーのコートを着ていた。

そんな……。まさか……

真由子が見聞きしたのは間違いじゃない？

「みーちゃんは疑り深い。本当だろう、どう考えても」

コートは着ていないが、いかにも法事といった黒尽くめのスーツ姿の透が、美久を見て苦笑していた。

「透ちゃんありがとう」

美久が透に抱きついた。

そのとたん早苗の全身から力が抜けた。抱えていた荷物をどさりと床に落としてしまう。

「早苗？」

音に気付いた透が、美久を突き飛ばして振り返った。

「あ、ごめんなさい。覗《のぞ》き見するつもりじゃ……」

泣いたら駄目だ。きっとこれにはわけがあるんだから、ちゃんと聞かなきゃ……

そう思ったけれど、遅かった。涙が溢《あふ》れ出して、早苗はその場にいられなくて、店を飛び出してしまった。

「早苗っ！」

透の声がする。彼が追ってくる。

追ってきてもらえるのは嬉しいけれど、今の早苗は手放しで喜べない。

彼と顔を合わせたら何を言われるか、それを想像すると怖いのだ。

指輪を見て嬉しそうにしていた美久。抱きついた美久を躊躇《ためら》いもなく受け止めていた透。

どう見たって……、誰が見たって、婚約したばかりの愛し合っている二人にしか見えないじゃないか。

逃げないと決めたはずなのに、早苗は逃げてしまった。

女性がぎりぎり通れるような細い路地を逃げ惑い、いつしか透をまいていた。

めちゃくちゃに走り回った結果、早苗は見知らぬ街角に立っていた。

「早苗ちゃん？」

ふいに、名前を呼ばれた。

卓巳だった。

「卓巳さん……」

呆然としたまま早苗は卓巳を見る。

「えっと、お久しぶり……って……」

何故かぎょっとしたような表情になり、卓巳はいきなり早苗の腕を引いた。

「えっと、あの……何？」

わけもわからないまま、早苗はマンションの一室に連れ込まれた。

よく見るとそこは、卓巳の店だった。

「ちょっとここで待っててね。早苗ちゃん」

言われるままに、リビングに入った。

リビングは籐《とう》のパーテーションで区切られていて、手前のほうにはローテーブルと白いソファが置かれている。

たぶんここは、占いの順番を待つ客の「待合室」なのだろう。

パーテーションの向こうには光沢のある黒地の布がかかったテーブルがあった。アンティークな椅子が二客、テーブルを挟んで置かれている。

あ、あそこで卓巳さんが占いをするんだな。

ぼんやりと考えながら、早苗はソファに腰掛ける。

すぐ隣、天井まであるパーテーションで区切られたキッチンから、卓巳がぼそぼそと話す声が聞こえてくるけれど、小声過ぎて何を言っているかわからなかった。

「ごめん。待たせたね」

戻ってきた卓巳は、キャラメルティーを出してくれた。同時にタオルを渡された。

「?」

なんでタオル？　と思って卓巳を見ると、困った顔をしていた。

「涙……。拭いて……。ひょっとして早苗ちゃん、自分が泣いているのに気付いてない？」

「えっ？」

慌てて自分の頬《ほお》に手を当てると、指が濡れた。

「やだ……私……。いつから……」

タオルを取り上げ、ごしごしと顔をこする。

「えっと……、何があった？　あ、いや、僕が聞いてもいいなら……だけど？」

「何って……」

そんなに優しく聞かないで欲しい。また涙が出ちゃう……

そう思ったそばから涙が零《こぼ》れる。これじゃあ何枚タオルがあっても足りそうにない。

「えっと、先輩となんかトラブル？」

それしかないだろう、という顔で見つめられた。

「よかったら占ってあげる……。今日は定休日だし、誰もお客さんはこないから」

「彼女は？　理子さんは？　イブなのにデートしないんですか？」

何故、私はこんな質問をしているのだろう。早苗は自分で聞きながら心の中で苦笑する。

「別れたよ、とっくに。原因は僕にあって……」

がしがしと頭をかきむしってから、卓巳は肩を竦《すく》めた。

「僕の話はいいじゃない。それより……、話してよ。力になりたい……。よかったら占うし……」

「でも……、私、もう占いは……」

「お見合いの件で、懲《こ》りた？」

卓巳の顔が悲しげにくしゃりと歪《ゆが》んだ。

「あ、いえ、そういうわけじゃなく、ただ、透さんが……、その……。あ、私も占いにはあんまり頼っちゃいけないと思い直して……」

透の名前を出したとたん、早苗の胸が痛んだ。また、涙が一筋流れる。

「うん。先輩は占いに頼るのが嫌いだからね。じゃあ……ただの気休めとしてならどう？」

真剣な顔で言われると断れなくて、早苗は卓巳に誘われるまま、場所を移動した。

黒い布が敷かれたテーブルのある部屋だ。

改めて部屋を観察すると、ベネチアガラスの花瓶にバラのドライフラワーがささっていたり、古いタロットカードが並べられた額が飾られたりしていて、占術ルームの雰囲気を盛り上げていた。

「早苗ちゃんは何も言わなくていい。僕が勝手にするから」

卓巳は早苗が何を占いたいかはわかっている、という顔をした。

早苗はなかば、ぼうっとしたままうなずいた。

鮮やかな手つきでカードがシャッフルされ、前にも見たウイッシュという形に並べられていく。

「うーん。結論から言う？　それとも他から？」

問われて早苗は「他から」と呟《つぶや》いた。

すぐに結論を聞いてしまうのは怖いのだ。

「えっとね、まずこのカード」

と、卓巳はカードを一枚指差す。

「これはロッドの4の逆位置……杖とか棍棒《こんぼう》とも呼ばれる……」

卓巳が指差したカードは馴染《なじ》みのない小アルカナなので、結果がどう出たのか見当もつかない。

「早苗ちゃんの今の気持ちを表しているんだけど……。冷静じゃないとか、心が乱れているとか、あとは……」

卓巳はそこで少し言いにくそうに言葉を切った。

「あの……、続けてください」

心臓に悪い。こんなことなら、結論から先にお願いすればよかったかもしれないと、後悔する。

「よし。じゃあ言うよ。あのね、うまく進行しない恋愛って意味もあるんだ」

ああ。やっぱり。

早苗は妙に納得して、力なく微笑んだ。

「でも、これはあくまでも早苗ちゃんの気持ち。そう思っているんだよね、今」

早苗は口元を歪《ゆが》めたままうなずいた。

「で、こっちは節制……相手の気持ちなんだけど……」

節制は大アルカナカードの十四番。早苗も知っているカードだ。

それが逆位置になっている。正位置ならそんなに悪くない意味のカードだと思ったけれど……。早苗は憂鬱《ゆううつ》になる。

卓巳の次の言葉を聞きたくない。耳を塞《ふさ》いで帰ってしまおうかと思ったけれど、全身が重くて、ちっとも動かなかった。

「まあ、頑固《がんこ》とか、自制心がないって意味で……。あーどうしよう。結果のカードは……」

卓巳はテーブルに突《つ》っ伏《ぷ》しそうな勢いでうなだれた。

そんなに悪いんだろうか。早苗は不安になる。しかし、もう充分悪いんだから、何を言われても構わないとだんだん開き直ってきた。

「頑固《がんこ》って、確かに先輩らしいんだけど……、はぁ……」

「あの……。最後のカードの意味はなんですか？」

これ以上長引くのも嫌で早苗は自分から聞いていた。

「え、ああ……うん。カップ……聖杯のエースなんだ。恋愛に関してはいい意味なんだけど……。カップのエースには恋愛以外の意味もあって、それを考慮すると、他のカードの意味が変わってくるんだ。なんていうかその……悪い意味も入り込んでくるわけで……」

なんだか卓巳がしどろもどろになってきた。

あまりにもわかりにくい説明で、早苗は苛立つ。

「結局なんなんですか？」

「んーと、だから、えっと……あっ、そうだ！　さっき飛ばしちゃったから、過去のカードをもう一度見てみようか」

「ちゃんと言ってくれないんなら、私もう帰ります」

ついに早苗は立ち上がった。その肩を誰かの手が強く押す。早苗はそのまま元の椅子に腰掛けさせられた。

えっ？

誰？　なんで……

振り向こうとした早苗の耳に、愛しい男の声が響いた。

「卓巳、そんなんじゃプロとしてまだまだだな」

透さん……。どうして……

肩にはまだ透の手が置かれている。そこからとても暖かなものが広がってきて、早苗は胸がいっぱいになる。

「先輩っ……」

何故か卓巳は透に縋《すが》りつくような笑顔を見せていた。

「結果はカップのエース。それは、幸せな男女関係を表している。真実の愛とか……。そこから考えれば、相手の気持ちは、ただの頑固《がんこ》や自制心のなさだけじゃなくなるだろう」

いきなり何を言っているんだろう？

早苗は透の言葉が理解できない。卓巳が笑った理由もわからない。

「相手の心境を表す節制のカードの本来の意味に『純愛』があるのを忘れていないか、卓巳」

透はそう言ってから、早苗ごと椅子をくるりと自分のほうへ回し、微笑んだ。

「あ、あの……」

これはなんだろう。どういうことなんだろう……

目の前の透の顔を見て、早苗は何度も目を瞬《またた》かせた。

「忘れてませんよ、先輩。ちゃんとカードの意味くらいわかってます。けど、先輩が長引かせろって……、早苗ちゃんを絶対にここから帰すなって言うから……」

早苗は状況が呑み込めずにただ、透を見つめ続ける。

「だからね、早苗……」

透は卓巳の抗議を無視して早苗に優しく語りかけた。

「占いの結果は、相手がゲスト……、君のことを想いすぎていて、自制心に欠けているってことだ……。コントロールできないんだよ。色々……」

なんだか似たような台詞《せりふ》を前にも透から聞いた気がする。思い出そうと、早苗はゆっくりと目を閉じた。

そうだ……

『こんなに真剣になる相手が現れたのは久しぶりで……。あまりにもお前が好き過ぎて……。どうしたらいいのかわからない……』

透にそう言われた。

美久に呼び出された透が、彼女の匂いを身体につけて帰ってきたあの日……

「お前の今日の占いの結果は……」

透はさっとテーブルの上のカードを取り上げ、早苗に見せる。

「真実の愛……。二人には幸せな未来しか待っていないんだ」

「あっ……」

不意に、熱いものが込み上げてきた。それは、さっきまでの嫌な涙じゃない。

でも……店で見た光景を思い出し、戸惑う。

透は背後を振り返った。

「兄貴。出てきてくれ」

「ああ。もう本当に女ってめんどくさいな」

篠《とう》のパーテーションの陰から、そんな台詞《せりふ》を言いながら男が現れた。早苗はびっくりする。よく見るとさらにうしろに美久がいる。

男は透にそっくりだ。

「何よ、女がめんどくさいって」

グレーのコート姿の美久が頬《ほお》を膨らませる。

「え、あの……」

早苗はもう何がなんだかわからない。

「えっとね、早苗ちゃん、この人は先輩の一歳上のお兄さんで悟《さとる》さん。それから彼女は恋人のみーちゃん。早苗ちゃんがこの部屋に来た直後、様子が変だったから先輩に電話して、ここにいることを伝えたんだ。そしたら、誤解を解きたいから三人で向かう、ここに引き止めててくれって頼まれて……」

そう卓巳が説明した。

「僕もさっきの電話で知ったんだけど、最近、お兄さんとみーちゃんは別れる別れないでもめていたらしい。けど、無事元のサヤに収まったんだってー」

少しおどけて言ってから、卓巳は疲れたようにはあっと大きく息を吐き出した。

「や、や、やだ……私……」

かっと、顔が火照《ほて》った。恥ずかしくて仕方ない。

すべてただの誤解だったのだ。

あ、じゃあ、真由子さんが見たのもきっと……

透と兄は本当によく似ている。じっくり見ると兄のほうが目が大きくて、やや垂れていて、髪も透より長めだ。

けれど、一瞬すれ違った程度では透と間違っても不思議ではない。

「そういうわけだ」

透は早苗を抱きしめるようにして椅子から立たせる。

「うん。そういうわけなの。透ちゃんの店で透ちゃんにハグしたのは、悟くんと婚約できたの透ちゃんのおかげだから嬉しくてつい……。あの時、悟くんはたまたまトイレに行っていていなかっただけで……」

「あー。俺がどうしても美味いコーヒーが飲みたいって言って店に行ったことで誤解させちゃったな。いやあ、法事帰りで一服したくて……」

悟が、人懐っこい笑顔を見せた。

「その……、このあとの予定なんだが……」

透は申し訳なさそうな顔をして、二人を見た。

「あー。わかってるって、もう七回忌の法要自体は終わったんだし、いいんじゃないか?」

「うん。いいよもう。私も今、すっごい幸せだし」

美久は悟にしなだれかかって笑った。

何がいいのだろう。早苗にはさっぱりわからない。

もう少し事情が知りたくて、早苗は口を開きかけた。その唇に透の指が当てられた。

「質問はあとで……。ちゃんと、今度こそしっかり話す。約束する。いい加減帰らないと、卓巳にも悪いし」

「はいはい。どうぞ。別に僕はいてもらっても構わないんだけど、早く二人になりたいよね」

卓巳はやれやれという顔で微笑んでいた。

＊＊＊

「プレゼントありがとう」

透の部屋に戻るなり、彼はそう言って微笑んだ。

プレゼント? と思ったが、透と美久がハグしているのを見て驚いて、荷物の入った紙袋をすべて店に置いていったのを思い出した。

「俺からもあるんだけど、それは明日の朝にする……」

朝……。それって……

泊まれって言われてるんだよね……。あ、夕飯……作れない……

なんだか気恥ずかしくて、早苗は少し顔を逸らす。

「七回忌の今日を終えてからにしたい……」

透の顔が曇った。

「七回忌って、誰の？」

もう聞いていいはずだ。透も話すと言っていたのだし。

「叔母……。美久の母だ」

「えっ……、あっ！」

美久の話を透がしてくれた時、母親を亡くしたって言ってたと思い出す。

「それから、……、俺が占いをやりたくない原因は……」

透はまだ着たままだった黒いスーツを脱ぎ捨て、ベッドに深々と腰かけた。早苗は椅子に座っていたが、そっと透の隣に移動する。

「俺の占いで、叔母を殺したようなもんだから……」

あまりにも衝撃的な発言に早苗は、息もできず、ただ透を見守った。

「学生時代、俺がタロットとかやっているのを知った叔父が、冗談半分で占ってくれと言ってきた。叔父はそこそこの規模の会社を経営していて、とある会社と提携するべきかどうかって相談内容だった」

透はそれから、苦渋《くじゅう》に満ちた顔で早苗にすべてを語りはじめた。

会社経営のことなどよくわからないままに透は占った。結果、叔父の会社は提携がうまくいき、業績を上げた。

それに味をしめたのか、叔父はさらに透に占わせようとしてきた。逆に透は当たってしまって妙なプレッシャーを感じた。自分の占いごときで、会社の命運が決まってはいけない。だから透は叔父にもう占わないと断ったのだ。

すると叔父は誰かからの紹介で他の占い師を頼るようになった。そのうち会社の運営から日常生活まで占いに頼るようになったという。

叔父は占いに依存したのだ。

そして……

十二月二十四日……

その日は叔父夫婦の結婚記念日だった。いつも結婚記念日は子供を透達の両親に預けて、二人きりで過ごしていた。

叔父は占いで、待ち合わせに少し遅れていったほうがいいと言われたこととラッキーカラーのグリーンを参考にした。

緑色の瓦の『緑之亭《みどりのてい》』という料亭を選び、叔母を先に行かせ、自分はわざと遅れて行ったのだが……


「火事だ。料亭が火事になって、叔母は亡くなった」

透は一気に語り、肩を落とす。髪をかき上げて、疲れた表情を見せる。

その姿が痛ましくて、早苗はそっと透の背中を撫でる。

「叔父は遅れて行ったからある意味、占いのおかげで助かったんだけれども……。でも……」

ぎゅっと透は拳《こぶし》を握り締めた。

「でも透さん、それは透さんのせいじゃない……」

黙っていたほうがいいのかもと思ったけれど、早苗は言わずにはいられなかった。

「わかっている。わかっているけれど、最初に俺が占って、変に当たったりしなければ……」

それで罪の意識から、美久の我が侭をずっと聞いてきたんだろうか。たぶんそうなんだろう。早苗はそう感じた。

「ひょっとして、毎年命日には、親族で集まってるの？」

「ん。ああ。特に今年は七回忌だったから、昼間は法要で、夜から偲《しの》ぶ会を……」

親族の集まりなら、私を誘わないのも道理だ。

「誰も透さんを責めてはいないでしょう？　今も、その時も……」

透にこれ以上、自分を責めてほしくない。透を力づけたいし、なんとか気持ちを上向かせたいと、早苗は自然に微笑んでいた。

「早苗に話を聞いてもらうと癒《いや》される……」

「え？」

「俺はいつもこの店に関わる人物に助けられる。叔母が亡くなってすぐの頃も、この店のマスターに話を聞いてもらって、励まされた。マスターがいなければ俺は、大学もまともに卒業できなかったかもしれない」

「そっか……。だから店名を『オアシス』のまんまにしているのね」

「ん？」

透にしては珍しく子供っぽい仕草で首を傾げる。

それだけ自分に心を赦《ゆる》してくれているんだと、早苗は嬉しくなる。

「だって、前のマスターは透さんにとって、オアシスみたいな存在だったんでしょ」

私にとって透さんがそうだったように、と心の中で早苗は付け加える。

透さんは私の心のオアシスで、大切な恋人……

「そうかもしれない。だから何が何でもこの店をなくしちゃ駄目だって思ったし……。おかげで借金がすごいけど」

「ええっ、そうなの！」

「リフォーム代やら何やらを兄に借りた。実質兄貴がオーナーだな」

借金と聞いて利息のべらぼうに高い所からお金を借りたのかな……とよからぬことを考えた早苗は、透の言葉を聞いて、ほっと胸を撫で下ろす。

そういえば、真由子から透が店を継ぐ時に兄に援助してもらったとも聞いたと思い出す。

「お兄さん、お金持ちなんだね」

「ああ。俺にはない商才を持ってる。ネットショップをいくつかと、飲食チェーン店を経営している若き社長様だ」

「すごい。返済にはまだまだ時間がかかりそう？」

すると透は、少し口をへの字に曲げた。

「ああ、まだまだかかりそうだ……」

それを聞いて早苗は笑った。

「いいな。お前の笑顔」

不意に両手で頬《ほお》を挟まれた。

「え？」

「お前の笑顔を見ていると癒《いや》されるし、幸せになれる……。なんだかここのところ泣き顔ばかりだったけれど……。いつも笑っていてくれ」

頬《ほお》に触れている透の指が熱い。そこからじわりと優しさや愛情が早苗の全身に染み渡るようだ。

「それは……、透さん次第かな」

「俺？」

「うん。だって、私を泣かせるのも、笑わせるのも透さんだよ？」

そう答えると、透は早苗以上に顔を綻《ほころ》ばせた。

できれば一生、彼の側で笑っていたいと思う。彼の体温や息遣い、今頬に置かれている彼の指……。

それらすべてをいつでも感じていたい。彼のために笑ったり時には怒ったり、そういう人生を送りたい。それは贅沢《ぜいたく》な望みだろうか？

「私、ずっと透さんに……」

側にいてほしい。側にいたい。一生……。

そう言いたかったけれど、恥ずかしくて言えない。

透はそんな早苗を見つめ、さっきよりもっと顔を綻ばせた。

「んっ……、ふっ……くっ……」

早苗はすすり泣く。

泣かせるのも笑わせるのも透だけ、と言ったのはほんの数分前。

早苗は透の身体の下で、激しい愛撫に身悶《みもだ》えていた。

透の髪からは微《かす》かに線香の匂いがした。それが早苗の胸を締め付けたけれど、彼の指が早苗の全身を這《は》い、舌が耳の下を甘く舐めるから、気持ちよさに、胸以外の場所を締め付けてしまう。

まだ指を挿入されたわけでもないのに、いや、挿《い》れられていないからこそ、早く欲しくて、太腿をこすり合わせ、中を締めてしまうのだ。

早苗はとっくに裸にされていたけれど、透はまだ上を脱いだだけだ。それが恥ずかしくて、なんだか余計に感じてしまう。

耳の下辺りを這《は》っていた舌が滑ってきて、鎖骨《さこつ》を丹念に舐められる。そこから全身がざっと粟立《あわだ》った。

立った産毛《うぶげ》の一本一本を捕らえるように透はさらに丹念に早苗の柔らかな首筋を舌先でくすぐる。そのじれったいような甘さに早苗は、また涙声で喘《あえ》いだ。

「ふっ、あっ……」

もどかしい。じれったい。

とっくに身体は開いている。透を待って瑞々《みずみず》しい露《つゆ》を溢《あふ》れさせている。触れられてもいないのに、乳首がつんと立ち上がって、硬くなっているのも透は見て、知っているはずだ。

なのに、なかなか欲しいものを与えてくれない。

欲しくて、欲しくて、早苗は透に両手を差し伸べた。その手を手首のところで一まとめにされ、頭上で縫い止められてしまう。

「あ、やっ、何？」

びっくりして、首を振ると透は笑って、また早苗の首筋に唇を寄せ……

思いっきり吸われた。痛い。

きゅーっと皮膚を吸い込まれ、離された時にはじんとした痺《しび》れが残った。が、痺れが緩まると、柔らかな快感が生じる。

「はっ、あっ……」

何をされたのだか一瞬早苗はわからなかった。しかし、透が熱っぽい目でそこを見つめ、微笑したから、意味がわかって、早苗はハッとする。

「や……だ……キスマーク」

「嫌なのか？　俺の印をつけられるのが」

わずかに眉を下げ、透は不満そうにした。

「そ、そんなことない」

早苗はふるふると首を振った。

「だよな」

すると、透は人の悪い笑みを浮かべた。

あ、やられた……

と、思ったけれど遅い。

「じゃあ、もっとつけてやる。早苗は俺のものだから……」

「ひゃ、あっ！」

今度は乳房の上のあたりに軽く噛みつかれる。そのままちゅっと音を立てて吸われ、たちまち皮膚が赤くなった。

やだやだ恥ずかしい、誰かに見られたら……

しばらく温泉行けない……

羞恥《しゅうち》と喜びのせいで早苗の思考が妙な方向へいく。

「何を考えていた？」

いたずらっぽく笑って、透は早苗の乳首を爪でピンと弾いた。

「あ！　ああっ」

びくんと早苗の身体が跳ねる。じわりと身体の中心から愛の印が流れ出すのがわかった。

「ふっ、だ、だって……見られちゃうキスマーク……」

「今は冬だ。服でいくらでも隠れるだろう？」

弾いた乳首の上に透の唇が移動していた。

早苗は新たな快感を期待して息を弾ませる。

「そ、そうだけど……」

それでも何かの拍子に誰かに見られたらと、想像しただけで、耳まで真っ赤になってしまうのだ。

「じゃあ、やめるか？」

意地悪に聞き返されて、早苗は首を振っていた。そして無意識に足を透に絡ませる。

透は含み笑いとともに、早苗の乳首を口に含んだ。

軽く噛まれ、吸われ、舌先で周囲を舐められて早苗は甘い吐息を洩《も》らす。

透はさらに、早苗のそこを唇に挟んだまま手を足の付け根に忍ばせる。柔らかな茂みを掻き分け、乳首以上にもう硬く尖《とが》った芽を摘んだ。

「んんんっ！」

目の前で火花が散るような衝撃を感じ、早苗は何度も背中をしならせる。

今すぐに透さんが欲しくてたまらない。これ以上焦《じ》らさないで――

本当に自分を泣かせるのも笑わせるのも透だけだし、透の掌の上でなんだか踊らされている気もする。

けれど愛しい男にそうされるのは不快じゃない。むしろとてつもない喜びだ。

透の指が敏感な突起から離れ、早苗のより深い場所に降りてきた。

淡く開いた綻《ほころ》びの中心にくっと差し込まれる。指は幾重もの襞《ひだ》を掻き分けて、さらに奥へと到達する。

開かれ、掻き分けられるたびに、じゅんと濃い蜜が滲《にじ》み、透の指に絡みつくのがわかって、早苗は恥ずかしくて仕方がない。

けれど、この恥ずかしさの先にもっと恥ずかしくて気持ちいい瞬間があるのを知っているから、逆らえない。

それどころか、自ら足を開いて透を迎え入れてしまう。

指を早苗の中心に穿《うが》ったまま、透は早苗の身体をひっくり返した。

「きゃ。あぁっ、やっ……んんっ」

挿《い》れられたまま身体を返されたから、中がよじれ、いつもと違う快感に早苗は追い立てられた。

そのまま膝をつかされ、腰だけを上げた格好にされてしまう。

あ、やだ、恥ずかしい、こんな……

丸見え……

そう意識したとたん、早苗は新しい蜜をとろとろと流して、透の指を締め付けていた。

「ん……。すごいな……」

透が囁《ささや》く。そのまま背骨に沿って舐め上げられる。

「くっんんっ……、あ、駄目……、や……」

「駄目って何が？」

聞かれたけれど、早苗は答えられない。何が駄目なのか、もう早苗にもわからなくなっているのだ。

指を挿入されたまま丹念に舌を這《は》わされていると、舌で感じる柔らかな愛撫と、指で感じる強烈な刺激のギャップに、早苗は全身が溶けてしまいそうな予感にシーツについた手をぎゅっと握り締めた。

あまりにも喘《あえ》ぎすぎて、息が苦しい。唇を噛み締めても、鼻から洩《も》れる息が荒くて、熱い。

透は次第に指を速く動かしだした。

あっという間に三本に増やされ、柔らかい内壁をこすりたててくる。

派手な水音が響いて、それだけで早苗は達してしまいそうだ。同じ達するのなら彼と一緒がいいと思って、催促しようと身じろぎした。

けれど……

「あっうっ！」

自分の動きで、透の指を一番感じる所に導く結果になってしまった。鋭い痛みにも似た快感に、早苗はがくがくと膝を揺らして、シーツの上に突《つ》っ伏《ぷ》す。

同時に透の指が引き抜かれる。

「ああっ……」

引き抜かれる時の摩擦だけで、早苗は軽く達しそうになって、シーツを握り締めた。太腿に変に力が入ってつりそうだ。

私はこんなになっているのに、透さんはまだ服を着ている。

ものすごく恨《うら》めしくなって、身を起こして睨《にら》もうとしたけれど、身体がまともに動かなかった。全身にさっきまでの愛撫の甘い痺《しび》れが残っていて、頭を上げることすらできない。

そんな早苗の腰を、透は片手で押さえつける。

彼はもう片方の手で、やっとジッパーを下ろした。

ジッというファスナーの音が部屋中に響く。早苗はその音だけで自分の体温が上がるのを感じた。両足の間も熱い。

とろりと濃い蜜が溢《あふ》れて、シーツに染みていく。

恥ずかしいし、みっともなくて、足を閉じようとしたけれど、床に透の穿《は》いていた物が落ちる音を聞いて、もうできなくなった。

期待で心も身体も震える。早く透の熱を感じたくて、腰が上がる。

さっきは、あんなに自分の思い通りに動かなかった身体なのに、透が欲しいと思っただけで、自由に動いた。

上げた腰を透にがっしりと掴《つか》まれた。大きくて熱くて早苗のすべてを包み込んでくれる優しい手だ。

自分も透を早く熱く包みたい。

早苗は透の熱い切っ先を受け入れようと、うしろに腰を突き出した。

なのに、焦《じ》らされる。

早苗の濡れている中心をわざと外される。濡れている先端が交互に双丘に触れて、彼の蜜を塗られた。

そのぬるっとしたものが何度も早苗の白い肌の上に擦りつけられる。

「や、やだ……、それやっ……」

腰を振って抗議すると、透に低く笑われた。またこの人は私にはっきりと求めさせたいんだと思い、早苗は泣きたくなった。

さっきから何度もすすり泣いているから、顔はもう涙でぐしゃぐしゃだ。ふと、この体勢でよかったと思った。

恥ずかしくて、今の顔は見せられない。

「何が嫌だって?」

ふっと背中から透が消える気配がした。直後、あられもないところに透の雄とはまったく違う物を感じ、早苗は嬌声《きょうせい》を上げた。

「ひゃ、や、何、それっ!」

わかっていても、聞いてしまう。

透は答えず、濡れそぼった全体を舌で大きく舐めてきた。

「んっ、馬鹿、やっ……」

びくっと早苗の腰が揺れた。両手をきちんとシーツについていられなくなって、上体をぺたんと倒してしまう。

すると、尖《とが》った乳首がシーツでこすれて、そこからも甘い刺激が襲ってきて早苗を苦しめた。

「あ、あっあ……」

舌が入ってくる。襞《ひだ》をかきわけ、滴《したた》る蜜を掬《すく》い上げながら……

「ふう……んっ……」

もう早苗は熱い吐息しか洩《も》らせない。あまりにも気持ちよくて頭の中が真っ白になる。

だから……

「あ、早く、来て……、透さん……」

自分がねだる言葉を言ったのにも気付かなかった。

「ああ。今……」

言い終えた瞬間、ぐっと熱いものに早苗は打ち抜かれていた。

早くもそれだけで達してしまい、早苗は全身をびくつかせる。しかし、それだけで終わるはずがなかった。

浅く、深く何度も穿《うが》たれ、捏《こ》ねられる。ぎりぎりまで抜かれると、逃がさないとばかりに早苗の襞《ひだ》はきゅっと窄《すぼ》まり、透に絡みつく。

「うっ……」

その感触が気持ちいいのか、透は呻《うめ》き、同じ行為を何度か繰り返す。

「は、あっあぁっ……」

もう駄目。駄目……と思うのに、早苗の身体は勝手に透を締め付け、腰が小刻みにリズムを取る。

「あ、早苗……」

透も早苗のリズムに合わせるように腰を打ちつけ、肌と肌がぶつかり合う音が室内に響いた。

とてもいやらしい音だ……

蕩《とろ》けてしまいそうな快感に翻弄《ほんろう》されながらも早苗は思う。

その音が激しく、そして速くなって……

早苗の中で透が一際《ひときわ》大きくなる。圧倒的な熱に焼けそうだ。びくびくと彼が脈打っているのもわかった。

「あっ……」

短く声を上げた時、さっと、彼のものが抜かれ、腰に熱い飛沫《しぶき》を感じ……

とろりとそれが滴《したた》り、早苗が溢《あふ》れさせた蜜と混じり合った。

＊　＊　＊

なんだかとても幸せな夢を見て、早苗は目覚めた。

しかし、目をあけたとたん、固まる。昨夜一緒に寝たはずの透の姿がないのだ。

何、これ……。デジャブ……

そんな馬鹿な、まさか、と思いながら、早苗は布団を跳ね除《の》けた。

着替えるのももどかしく、裸の上に毛布をまとっただけの姿で、階下に駆《か》け下りた。

スタッフルームに透はいない。

じゃあ店？

場所も忘れて、早苗は店に飛び込んだ。

あっ……

そのとたん、まばゆいクリスマスツリーに出迎えられる。

店の中央に、小ぶりだけれども昔ながらの豆電球で飾られたツリーが立っていた。

昨日まではなかったものだ。透が早起きして飾り付けたのはわかるけれど……

「おはよう」

厨房《ちゅうぼう》から透が顔を出した。早苗は彼のいるカウンターの中に進む。

「すごい格好だな」

毛布を巻いた早苗を見て笑う。

「あ、あっ、えっと……」

かぁっと、全身が火照《ほて》った。

「今、着替えてきます」

恥ずかしくて、慌てて身を翻《ひるがえ》そうとすると、透に止められた。

「いいよ。そのままでも。窓のブラインドは下ろしてあるし。眼福ってやつだな」

目を細めて、透は満足そうに微笑む。

「えっと、えーと、でも……」

真っ赤になった頬《ほお》を押さえたかったけれど、そうすると毛布がずり落ちてしまいそうでできなかった。

「座って……」

促されて早苗はカウンター席につく。通っていた頃にいつも座っていた席だ。

透は黙って、早苗が好きなキャラメルティーを出してくれた。

「ありがとう」

片手で毛布を押さえて、カップを取り上げると……

ん？　え？

早苗から見えない位置に置かれていた物が、ソーサーの中央にことりと落ちてきて、早苗はそれに目を奪われた。

え……。これって……

「あの、これ……」

目を何度も瞬《しばた》かせ、早苗はそれと透の顔を見比べる。

透はただ笑っているだけだ。

「あの……」

「取らないのか？　そこにあると、カップを元に戻せないだろう？」

「あ、はい……」

早苗はカップをカウンターに直接置いて、そっと、それを取り上げた。

「メリークリスマス。俺からのプレゼントだ」

早苗に取らせておきながら、結局透が取り上げて、それを早苗の左手の薬指にはめた。

「みーちゃんと同じくらいの背格好だから、だいたいサイズはあっていると思うんだけど……」

「あ……の……」

なんだか夢を見ているようだ。

そういえば寝ている時も、私は幸せな夢を見ていた……

これって、どう見ても……。私ひょっとして……

どきどきと胸が鳴った。何度息を吸い込んでも、うまく吸えないような気分になって、眩暈《めまい》がしそうだ。

「早苗。結婚しよう」

透の声は、早苗の左手の薬指の上でした。彼がその指に口付けながら言ったのだ。

一粒の小さなダイヤが輝くプラチナの指輪。

「あっ……」

心臓が一瞬とまりそうになる。でも、本当に止まってしまったとしても、後悔はない。

それくらいの幸せが一気に早苗に押し寄せた。同時にこれは夢かもしれないと思う。

昨夜、一生彼の側にいたいと思ったばかりだからだ。

夢なら覚めないで欲しいと強く願っていると、透の声が甘く耳に届く。

「返事は？」

その声は紛《まぎ》れもない現実で……

早苗は上擦る声で答えていた。

「はい」

声を出したとたんポロリと、早苗の瞳からダイヤと同じくらいきらきらと輝く涙が零《こぼ》れる。

けれど、それは悲しみの涙ではない。早苗は笑っていた。透が「いい」と言ってくれた笑顔で、いつまでも透を見つめ続けた。

＊＊＊

「うわー混んでるわね」

大晦日《おおみそか》、あと少しで除夜の鐘が鳴るという時間に、相川が『オアシス』に入ってきた。

「あ、相川さん。ごめんなさい。今、混んでて、カウンターの一番隅なら空いているんですけど……」

早苗は空いているそこに相川を案内する。

「わかってるわよ。混んでいる時、一人で来た客がカウンター席につくのは当たり前よ」

「ありがとうございます」

そう言いながら、カウンターについた相川の所へ早苗は水を運ぶ。

「それにしても店員多くない？　臨時にバイト雇ったの？　っていうか、あの人、透さんにそっくりなんだけど？」

水を受け取った相川が聞いてくる。

ホールには、卓巳と悟がいた。卓巳は元々『オアシス』で働いていたし、悟も居酒屋チェーンをやっているだけあって、堂に入っている。

カウンターには真由子。レジには美久がいた。

「あ、あの似ている人はマスターのお兄さんで、ここのオーナー。レジにいるのはそのフィアンセの方」

「へー。お兄さんか。でももう婚約者いるのね。ちょっとがっかり……。そうそう、婚約、おめでとう」

相川は大きな声で言って、早苗の手を両手で掴《つか》んだ。

「えっと、ありがとうございます」

喜びでいっぱいの気持ちで相川に頭を下げ、早苗はまたホールに戻った。

それにしても今日は、本当によく客が入る。

少し早めに来て、十二時ジャストに神社に行こうとしている人達だろう。あるいは、店でゆっくりして、参拝客の列が短くなった頃に行こうとしているのかもしれない。

ふと、窓の外を見ると、神社に向かって、ぞくぞくと歩いていく人々が見えた。

店のラジオではカウントダウンがはじまっていた。

あ、そろそろ年が明けるな。

そう思った時、透に呼ばれた。

「はい。マスター、今行きます」

婚約してからも公私混同を避けるため、店では決して透さんと呼ばないようにしている。

透はカウンターを出てスタッフルームへ行く。何かトラブルでもあったのだろうか。

もうすぐ年が明けるのに……

心配になって慌ててスタッフルームへ駆《か》け込むと、いきなり透に抱きしめられた。

「な、あっ……」

そのまま深い口付けをされる。

えっと、ちょっと待って……。仕事は？　店は？

と思うけれど、透のキスが甘すぎて、抵抗できない。角度を変えて何度も口の中を探られて、早苗はもう店のことなど忘れて、うっとりと透の背に両腕を回して、しがみついた。

一瞬の静寂。

そして、店内では拍手と歓声が上がる。微《かす》かに聞こえてきていたラジオの曲も変わっている。

年が……明けた？

そう思った時、透の唇が離れ、言われた。

「新年おめでとう」

「あ、はい。おめでとうございます」

こんな風に愛しい人と新年を迎えられるなんて嬉しい。

透は早苗をぎゅっと抱きしめると、耳元で囁《ささや》いてくる。

「どうしてもお前と二人きりで、新年を迎えたかった。マスターとしては失格だけどな」

早苗の胸が甘く疼《うず》いた。

「うん……。ありがとう。私も、とっても嬉しい」

見つめ合い、また唇を重ねようとしたが、それはできなかった。

「ちょっと、忙しいんだから、いちゃつくのはあとにしてー」

真由子だ。

スタッフルームの扉を閉めるのを忘れていた。そこから顔を出した真由子が笑っていた。

「怒られちゃったね」

「ああ」

それでも二人はまた見つめ合い、真由子が咳払《せきばら》いするまで、ホールには戻らなかった。

＊　＊　＊

「はっ、あん……」

営業を終えた二人は、海辺にある悟の別荘に来ていた。

室内に早苗の悦《よろこ》びの声と下半身から上がる水音が響いている。

透が何度も何度も早苗の中をかき混ぜているのだ。それも立ったまましろからされている。目の前は窓で、もし外から見られたらと、気になって仕方ない。

それでも身体はどんどん昂《たか》ぶってしまう。

こんな所でこんな風にされたくない。なのに腰が揺れてしまうのを止められない。

「も、もう……、あっ、や……。駄目……」

恥ずかしいし、感じすぎて苦しい。早苗は首を振るが、目の前の窓に頬《ほお》を押し付けてわずかに身を捩《よじ》る動作しかできない。

「駄目?」

透の声が背中で響き、彼の舌で肩甲骨《けんこうこつ》のあたりを柔らかくすぐられた。

「ああっ」

びくん。と早苗は身体をしならせる。そのとたん水音がいっそう激しくなり、透の指を伝って蜜が溢《あふ》れたのがわかった。

「や、お……願い……、せめて……ベッドへ……」

切れ切れに訴えるけれど、透の指は埋められたままで、ベッドに移る気はないと早苗に教えている。

「初日の出……見るんだろう? ベッドに行ったら見られない」

「あっ、あ……、でも……」

ずるい。

早苗は首だけで振り返って透を軽く睨《にら》みつけた。その瞳は潤《うる》んでいる。

初詣客が引き、店を閉めたのは深夜の二時。それからいきなり、初日の出を見に行こうと透に誘われ、ここにやってきた。

透の兄、悟が所有している別荘のうちの一つだという。別荘に着いてすぐ抱きしめられて、「初日の出を見るのなら窓辺がいい」と、窓に押し付けられた。

「でも？　何？」

早苗の腰を抱いていた透の左手が胸に回ってきた。胸を下から揉み上げるようにされて早苗はもう言葉も出せなくなる。

ただ鼻から甘い息を洩《も》らすだけだ。

軽く乳首を弾かれて、身体の中に挿《い》れた透の指が、熱く蠢《うごめ》く襞《ひだ》を擦る。そこからじわりとまた蜜が滲《にじ》んできて、早苗の太腿まで濡らした。

ふと窓の外を見ると、すっかり朝の景色になっている。

海を臨む崖の上に建つ別荘だ。まだ陽は昇っていなかったけれど、複雑な色合いで空や海の色が変わってきていた。

その美しさに一瞬、裸で透の指を受け入れているのを忘れてしまう。

窓の外には海が広がるばかりで、誰も通るわけがないし、覗《のぞ》かれるわけがない。そうわかっていても恥ずかしくて不安で、ここで抱かれるのに抵抗があったけれど、今は嬉しい。

「綺麗だろ？」

囁《ささや》かれた。

「数年前兄達とここへ来て、今度来る時は絶対に彼女と来たいって思った……」

透も景色に見とれたのか、早苗の中からいつの間にか指を引き抜いていた。

「兄貴達は今年は新年早々の朝一番の飛行機で海外に行くって言っていたから、ここを貸してくれって頼んだんだ」

「うん……。ありがとう。本当に綺麗」

「あ、ほら……、陽が昇る……」

耳元で囁《ささや》かれ、同時に透に挿入された。

「きゃ、やんっ！」

やっぱり透はずるいと、早苗は腰を跳ね上げながら思う。

もう逃げられない。深く透を受け入れてしまったし、初日の出を見逃したくない。

緩く浅く入り口のあたりだけをかき混ぜるように透が動く。それはどこまでも続く柔らかな快感となって早苗をもどかしく疼《うず》かせる。

もっと激しく上り詰めたくなる。腰を揺らしてつい催促してしまうと、透の含み笑いが聞こえた。恥ずかしくてかっと全身を真っ赤に染める。と同時に、目の前の海も明るく染まった。

「あっ……」

初日の出だ。ゆっくりと陽が昇りはじめる。

「ん、早苗、いい感じだ……。一緒に……」

何が一緒なのだろう？　日の出と一緒なのか、それとも……

ぐっと腰を引き寄せられ、透の動きがいきなり速くなった。

目の前で何かが弾ける。それが透に貫かれて、上り詰めたせいなのか、水平線から顔を覗《のぞ》かせた陽の光なのか、もうどちらなのかわからない。

全身を幸せな痺《しび》れで満たされながら、早苗は透とはじまる一年を嬉しく受け止めた。


そして……、新年の……初詣でのおみくじは……

もちろん大吉。

君に珈琲《コーヒー》を　side青山透

けたたましい笑い声が聞こえてきて、透は読んでいた文庫本を閉じた。うるさくてゆっくり本を読んでいられない。

もっとも今は仕事中だ。集中して本を読むわけにもいかなかったからちょうどいいのかもしれない。

しかし……

と、自分の店の中を見回す。

店内はほぼ満席だ。その、ほとんどが卓巳目当ての女性客だった。

占いが目的で来店している女性もいるが、ただ卓巳を見にきているだけという客もいる。

その卓巳ファンのグループが、長時間テーブル席に陣取り、卓巳を見ては何か囁《ささや》きあい、時に今のように大声で笑うのだ。

何が楽しいんだか……

男の透にはよく理解できない。

とにかく、そんな状況だから透の仕事はないに等しい。

たまに、長居をして申し訳ないと考える良心的な客が紅茶やコーヒーの追加注文をしてくれるが、それだけだ。

卓巳が『オアシス』で働くようになったのは、少し前のことだ。

バイトが一人やめたので、募集をしたらやってきたのが卓巳だったのだ。同じ大学の後輩で気心も知れていたから即決で雇った。

人当たりがよくて、明るくて真面目に働いてくれた。そんな卓巳に、プロの占い師になりたいから、ここで少し占いをさせてくれと頼まれて断れなかった。

最初は占いを頼む客もさほど多くはなく、問題はなかったのだが……

「ここ、恋カフェって言うんだよ。ここで占ってもらうと絶対恋がうまくいくって……」

「でもさ、どうせなら卓巳さんと恋したいよねー」

そんな風にはしゃいでいる女子高校生達の会話が耳に入って、透は苦笑した。

夕方の五時少し前。

今が一番、女子高校生達が多い時間だ。

そして……

透は壁の時計を見上げた。

あと二十分もすれば彼女が来る。

それを思うと、うるさいと思っていた女子高校生達の声も楽しい音楽のように聞こえてきた。

「あん？　マスター。何笑っているの？」

さっきまでカウンターに突《つ》っ伏《ぷ》して眠っていた真由子に不意に声をかけられた。

「あー。そっか、もうそろそろ五時か……。会社の終業時間だねー」

にやにやとしている真由子の視線を避けるように透はうしろを向いた。

彼女は人の心や感情に敏感だ。顔色一つで色々察してしまうところがある。

だから、これ以上表情を見られたくなかったのだ。

「早苗ちゃんだっけ？　今日も来るかな？」

真由子に背中を向けていたから、彼女がどんな表情をしているかわからない。しかし透は絶対ににやにやしているだろうと思い、微《かす》かに溜め息を洩《も》らした。

確かに自分は、早苗が来るのを待っている。

それを真由子に悟られているのがなんだか悔しかった。

ポーカーフェイス……というか、あまり自分のことをあれこれしゃべらないから、今まで誰にも、好きな相手がいると見透かされた経験はないのだ。

だから本当に真由子の勘は鋭いと思う。いっそのこと占い師にでもなればいいと、つい考えてしまう。

自分は占いに対して否定的なのに他人にすすめようだなんて、なぜ思ってしまったのか。透は自嘲《じちょう》した。

実はこの店がひそかに『恋カフェ』とか『占いカフェ』と呼ばれているのにも抵抗がある。卓巳には申し訳ないが、そろそろ占いをここでやるのはやめてもらおうか……

はあっと新たな溜め息を落とした時、店のドアが開き、カウベルが鳴った。

期待を込めて見ると、待ちかねていた早苗が入ってくる。

真由子にあとから何か言われそうだったが、透は思いっきり微笑んで早苗を見た。

＊　＊　＊

いつからだろう。こんなに早苗が気になるようになったのは。

毎朝のジョギングで彼女を見るだけで、一日が幸せだった。毎朝顔を見るのが楽しみで、雨の日でも走った。

早苗が何を思っていたのかわからないが、彼女も雨の日でも公園を通勤路にしていた。

雨が降ると足場が悪くなるからか、公園を抜けて出勤する人は減る。

それでも彼女はいた。

それが嬉しくてその日は、妙にテンションが上がった状態で仕事をした。

しかし毎朝、「いつも会うね。おはよう」そう挨拶《あいさつ》しようとするのだが、彼女は目があっただけで視線をそらしてしまう。声をかけられるのが嫌なのだろうか。

それとも自分は怖い表情をしているのだろうか。些細《ささい》なことで透は悩んだ。

だから、彼女が店に現れた時は嬉しかった。

「……ってことがあって……。マスターはどう思いますか？　マスター？　あの……聞いていますか？」

「あ、すまない」

透は早苗に正面から見つめられ、はっと我に返った。

公園ですれ違っていた頃、まともに会話ができなかったのが嘘のように、今、目の前にいる早苗はよくしゃべる。

恥ずかしがり屋で人見知りなタイプかと思ったけれど、そうでもなかった。意外におしゃべりだ。

『オアシス』に来るようになって、彼女は常連ともすぐに馴染《なじ》んだし、明るい。何より笑顔がいい。

「もう……。聞いてなかったんですか？　あー。でも、なんかしゃべっただけでも少しすっきりしました」

透が好きな笑顔を見せ、早苗はキャラメルティーのカップに口をつけた。が、とっくに空になっていたようで、恥ずかしそうにカップを置く。

「おかわりを出すよ」

透は早苗の返事も聞かず、カップに手を伸ばした。その手がまだカップを持っていた早苗の手に触れた。

「あっ……」

彼女は目に見えてうろたえ、真っ赤になって手を引っ込める。

その様子に、透は彼女も自分を意識してくれているのだと嬉しくなる。その反面、少し手が触れただけで焦《あせ》る早苗を、どう扱っていいのかわからなくもなる。

好きだと告白したい。

今引っ込められた手に口付けたい。抱きしめて、もちろん唇にもキスをして……

そこまで考えて、透は早苗に気付かれないように溜め息を落とした。

いきなりそんなことをしたら純情そうな早苗のことだ、引かれてしまうかもしれない。好きだと告白したあとは、手を繋ぐあたりからはじめないといけないかもしれない。

いや、いくらなんでも、そこまで彼女を子供扱いするのはよくないだろう……

あれこれ悩むのは、それだけ早苗が好きな証拠だ。下手な行動をして嫌われたくないのだ。

「恋カフェか……」

俺も、いつのまにか、この店で、このカフェで恋をしている。

ふと思って口にしてしまうと、早苗が目を丸くしていた。

「なんですか？　それ。恋カフェって……」

「あ、いや、卓巳の恋占いがあたるから、恋カフェなんだと……、そんな風に客達が前に言っていて……」

「素敵ですね」

早苗は微笑む。

どうやらひとり言の内容すべては聞こえていなかったようだ。少し安心して透も微笑み返す。

「ところで、おかわりだけど、たまにはコーヒーはどうかな？」

この店の売りはなんといってもコーヒーだ。客の要望に応えてブレンドするのが透は好きだし、得意だ。

「コーヒーですか？　あんまり好きじゃなくて……、苦いのも酸っぱいのも……。ミルク入れたり砂糖入れたりしても、苦味や酸味が残る感じだし……」

早苗は飲んだ時を思い出したのか、眉間に皺《しわ》を寄せた。透も眉間に皺を寄せてしまう。

もちろんその理由は、コーヒーが嫌いだと言われたからだ。

「そうか、コーヒーは嫌いか……」

「え、あ、いや、嫌いなんじゃなくて、苦手で……、その……」

慌てて顔の前で手を振る早苗。

「あー。もう、私ったら……。うまく言えなくてすみません」

ものすごくわかりやすく肩を落とす早苗に、透はつい笑ってしまった。

慌てぶりも消沈《しょうちん》ぶりも、本当にわかりやすいのだ。

「いや、こっちこそ押し売りしたみたいですまない」

どんなコーヒーなら嫌がらずに飲んでくれるだろうか？

いつかきっと彼女が美味しいというコーヒーをブレンドしよう。

早苗の顔を見て、あれこれ豆の種類や挽《ひ》き方、淹《い》れ方を考えながら、まだ恐縮している感じの早苗におかわりのキャラメルティーを出した。

いつかきっと、俺のコーヒーを美味しいと言わせてやる。

そして……

好きだとも言わせて……、いや、言ってもらいたい……

＊　＊　＊

「う……んっ……」

早苗が焦《じ》れたように腰を揺らせて、甘えた声を出す。

早苗と付き合う前のことを思い出していた透は、彼女の悩ましい声で現実に戻る。

そう、今自分はこうして早苗を抱いている。それがものすごく嬉しくて、透は早苗の身体を丹念に指でなぞり、舌でくすぐる。

「や、やだ……もうっ……」

早苗の身体はとても火照《ほて》っていて、もっと激しい愛撫を求めているのだとわかったけれど、透はわざと焦らし続けた。

彼女のかわいい声をもっと聞いていたいからだ。できれば、その口から直接おねだりの言葉を聞きたい。

自分の欲求に早苗は恥じらいながらもいつも応えてくれる。時には真っ赤になりながら、あるいは目に涙を浮かべながら。

彼女は気付いているんだろうか。そんな風にするから男の欲望が止まらなくなるって……

今も早苗はいやいやをする子供のように頭を振りながらも、快感に身をゆだねはじめている。

触れてもいないのに、わずかに開いた両足の間から蜜が零《こぼ》れ落ち、シーツを濡らしている。

どれだけ濡れて光っているのか見てみたくなって、透は早苗の太腿に手をかけ、大きく開く。

「や、やだ恥ずかしい……」

形ばかりの抵抗をみせて、早苗は足に力を入れた。けれど透が少し内腿に手を這《は》わすだけで、ゆるゆると足が開いていく。

そうして早苗は両手で顔を覆《おお》う。手の下の顔は真っ赤だ。

「顔を隠しても君の大切な所は見えている」そう言いたかったけれど、そんなことを言うと彼女は本気で泣き出してしまうだろう。

泣き顔もかわいいけれど、やはり早苗の魅力は笑顔だ。笑顔が一番綺麗で透は大好きだ。だから心の中でこっそり呟《つぶや》くだけにして、透を待ちかねて震えて光っているそこにそっと指を伸ばした。

早苗の蜜花は一撫でするだけで咲き綻《ほころ》び、くぷりと音を立てて透の指を呑み込んだ。

「あうっ！」

白い喉をのけぞらせて、早苗が悦《よろこ》びの声を上げた。

「気持ちいい？」

まだ指一本しか挿《い》れていないけれど早苗の反応が嬉しくて思わず微笑む。

「だって……、だって……」

早苗はまだ顔を隠したまま掠《かす》れた声を出している。

「だって何？」

早苗のそんな声や反応だけで透の身体も昂《たか》ぶる。痛いくらいに自身が勃ち上がり、早くも先端に露《つゆ》が浮かんできた。

すぐにでも早苗と一つになりたいのをこらえて、中指を奥に突き立てた。

早苗の中は熱くて透の指を締め付けてくる。締め付けに逆らいながら指を小刻みに動かすと、花びらがめくれ、指との隙間からとろりと蜜が溢《あふ》れ出した。

中指を挿《い》れたまま親指で敏感な突起を押すと、早苗はすすり泣きのような声を出し、びくんと腰を跳ね上げた。

蜜の量が増え、透の指をたっぷりと濡らす。とろりとした濃密なそれを掻きだすように透はいったん指を抜いた。

「ふっ、う……ん」

すると、早苗の腰が指を追って自然に蠢《うごめ》く。

開ききった花は中心を蜜で光らせて収縮している。窄《すぼ》んだかと思うと開き、そのたびに奥から新たな蜜を零《こぼ》し、早苗の茂みを湿らせた。

早苗の足が震えている。恥ずかしいと思ったのか、徐々に足を閉ざしはじめる。それがどれだけ男の心と身体に火をつけるのか、わかっていないらしい。

「閉じないで、足……」

お願いのつもりで言ったのに、早苗はびくりと肩を揺らし泣き出しそうな声を出した。

「ご、ごめんなさい……。恥ずかしくて……」

「なんで謝るの？」

「だって、足……、開いてないと駄目でしょう？」

早苗はやっと顔を覆《おお》っていた両手をはずし、透を見上げてきた。目尻に涙がたまっている。

この涙は恥ずかしいからなのか、感じすぎているせいなのか、それともその両方なのか……

どっちにしろ自分が流させたんだと透は少しだけ反省する。

さっきからいじめ過ぎただろうか？　あまりにも反応がかわいいから、あれこれしてしまったのだ。

「それは……。もう俺に来て欲しいってことかな？」

なのに、また意地悪な台詞《せりふ》を言ってしまう。

「や、や……。馬鹿……。私は……」

全身を真っ赤に染めて、早苗はまた顔を覆《おお》った。

その瞬間早苗の綻《ほころ》びがひくつき、どっと蜜を吐き出した。透はそれを見逃さない。

「じゃあ、これは何？」

指で蜜をすくって、早苗の目の前に突きつける。

「え、え？」

早苗は恐る恐る、といった感じで顔の上から手をどかし、目の前の物を見た。

「きゃ！」

全身がさらに赤く染まり、触れていないのに乳首が硬く尖《とが》った。

「透さんの馬鹿……」

少し頬《ほお》を膨らませて、早苗は震えながら手を伸ばしてきた。透の腕を掴《つか》み、腰をシーツから浮かせて揺らしている。

たぶんこれが彼女の精一杯のおねだりなんだろうと、透は微笑んで、早苗の両足を抱え上げた。

いつかはっきりと、「欲しい」と言わせたいけれど、恥ずかしそうに意思表示するのもかわいくてたまらない。とても愛おしい。

ぞくっと、透の背筋が粟立《あわだ》った。

こうやって早苗を見ているだけで、全身を押し包むような快感が生まれたからだ。

「ああ、もう……」

たまらなくなって、早苗の足を抱え込み、透は一気に貫いた。早苗の中はとろとろに溶けていて、透を熱く迎え入れてくれる。

少し動くだけで、脳に突き抜けるほどの刺激が走り、透は微《かす》かに呻《うめ》いた。

早苗の口からも切ない喘《あえ》ぎがひっきりなしに洩《も》れている。

このまま頂点まで突っ走りたい欲望を堪《こら》えて、透は奥まで挿《い》れた物を一度引き抜いた。

早苗の蜜と透の先走りが絡まってねっとりとした糸が生じる。

「んあっ、透さん……」

甘い蜜をさらに注《そそ》いでくれと言うように伸ばした両手を透の背中に回し、身体を密着させてきた。

「……っ」

もっと長く早苗と繋がって、いつまでも一つになっていたかったのに、どうやら持ちそうにない。

透は早苗の唇に軽くキスを落としてから、ふたたび彼女の中に入った。

＊　＊　＊

翌日。

「ありがとうございます。またいらしてくださいね」

早苗が客を送り出している。ポニーテールにしたうなじに透が昨夜つけたキスマークが微《かす》かに残っていた。

それを見つけ、透は仕事中にもかかわらず下半身を熱くする。

駄目だ。こんなんじゃ……

慌てて頭を振り、コーヒーを淹《い》れはじめた。

「いらっしゃいませ」

客が入ってきて、早苗が笑顔で迎えている。

「あ、あの……、ここ恋カフェって聞いたんですけれど……」

女子大生ぽい客が、店内をきょときょとと見回しながら聞いている。

「ごめんなさい。もう占いはやっていないんですよ。けれど美味しいコーヒーなら淹れられます」

まだ恋カフェだとか占いの噂が出回っているのかと、透は少し困ったが、客商売だ。ただ違うと言って客を帰してしまうのは抵抗があって、そう答える。すると女子大生は笑顔になった。

「はい。マスターのコーヒーを飲むと恋愛運が上がるって聞いていてます」

女子大生の答えにびっくりして透は早苗と顔を見合わせた。

いつ、どこでそんな噂になったのだろう。

「どうぞ。マスターはキャラメルティーを淹れるのも上手なんですよ」

遠慮がちに角のテーブル席についた女子大生に早苗が水を持っていく。

「ね、マスター」

早苗が振り返りとびっきりの笑顔を見せた。

そして、女子大生にも笑顔を見せる。

「え、じゃあ、キャラメルティーください」

恋カフェの噂の出所が気になったけれど、透は微笑んでキャラメルティーの準備をはじめた。

女子大生の恋が成就するように、彼女の運気が上がるように気持ちを込めて……

早苗と恋に落ち結ばれたのは、確かにこの店があったおかげだし、あながち恋カフェというのも嘘じゃないかもしれない。

それに、これからは本当にここが客にとっての恋カフェになればいい。

透はそう思いながら、女子大生となにやら雑談している早苗を見た。

書き下ろし番外編

恋カフェと呼ばれて

喫茶『オアシス』から大人数の楽しそうな笑い声が響いていた。入り口ドアには「本日貸切」と書かれた紙が貼られている。

早苗は『オアシス』の店員だが、今日ばかりは客達と一緒におしゃべりを楽しんでいた。もちろん早苗のフィアンセでこの店のマスターの透もだ。

「本当におめでとう。式や披露宴では、ゆっくり話したり一緒に写真撮ったりできなかったけど……」

早苗は白いワンピースに身を包んだ透のイトコの美久に話しかける。

今日は美久と透の兄、悟の結婚式。そして今はその二次会だ。ランチタイム以外は食事を出さない店だし、アルコールも置いていないから、ケータリングを頼んでいる。それでも参加者達は透の淹《い》れるコーヒーがおいしいと満足している。

「ありがとう。次は早苗ちゃんの番ね。あー楽しみ。何を着るの？」

満面の笑みで聞かれたが、意味がわからなくて早苗は少し首を傾けた。

「ええっと？」

「私、白無垢《しろむく》もウェディングドレスも全部着たくて、ちょっと贅沢《ぜいたく》しちゃったけど。早苗ちゃんはどうする予定？」

「あ、まだそういうことは……」

具体的な単語が美久の口から出てきたおかげで、美久が何を聞きたいのかわかったけれど、つん、と胸に軽い痛みが走った。

透にプロポーズされたのは今年の頭。それから半年以上経っているけれど、まだ結婚式の計画どころか話すら透の口から出てこないのだ。

自分からせっつくのもなんだか恥ずかしくて早苗は、もやもやした気持ちのままでいた。

「そうねー。ぎりぎりまであれこれ悩むのも楽しいし、焦らなくてもいいかもね。私も悩んだわ。式は教会でしたいけど、綿帽子《わたぼうし》に白無垢姿もしたかったし」

ついさっきの幸せな時間を思い出しているのだろう、美久は目を閉じてふうっと満足げなため息を吐き出した。

美久はドレスを着て教会で式を挙げ、移動したホテルの披露宴で白無垢の和装姿で入場した。そしてお色直しでは十二単《じゅうにひとえ》を纏《まと》ったのだ。

そんな美久の姿に憧れて、披露宴で隣にいた透にさりげなく『私も白無垢似合うかな』

などと話しかけていた。暗に自分達の結婚式はどうしよう、と持ちかけたつもりだったが、透は気付いてくれなかった。

ただ、『早苗なら何を着ても似合うよ』としか答えてくれなかったのだ。

普段なら言われてとても嬉しい台詞《せりふ》だったけど……

カウンターの中で誰かに頼まれた飲み物を用意している透を、早苗はちらりと見た。

透は早苗の視線に気付き、顔を上げると早苗に笑いかけてくれる。自分の視線にすぐに気付いてこうして笑顔を見せてくれるのは嬉しいけれど、今の気持ちにはちっとも気付いてくれないんだ、と早苗は複雑な気持ちになった。

早く透のフィアンセから妻という立場になりたいのに、それはいったいいつになるんだろう。

美久ほど贅沢《ぜいたく》じゃないけれど、早苗だってこんな結婚式がしたいという夢がある。それが実現される日がこのままでは来ない気がしてしまう。

だって……

一昨日、早苗は偶然卓巳に会った。卓巳はこの『オアシス』で一時働いていた透の後輩だ。その時言われたことをふと思い出す。

『式はまだなの？』

卓巳にそう聞かれて、素直にまだだ、何も決まっていないと答えると、卓巳は驚いた。

その後、『占ってあげようか？　このままだと延び延びになるかもね』と言われたのだ。卓巳は占いが得意で、店で『占いセット』をやっていた。それが評判になり今は独立し、占い師だけで生計を立てている。

早苗は元々占いが大好きで透と知り合う前はものすごく占いにはまっていた。しかし、今は人並み程度の興味しかない。それは透が占いを嫌っている――正確には彼に「頼るな」と言われているからだ。

それに透に占い絡《がら》みで悲しい過去があったとも知っているから、卓巳の申し出を丁寧に断った。

それでも卓巳は早苗に別れ際アドバイスをしてくれた。それは本当にアドバイスで、占いでもなんでもなかったけれど……

『もっと積極的になれ』

卓巳にそう言われたのだ。

積極的か……。やっぱり恥ずかしがらないで私から、式はいつにするって聞かないと駄目ね。

この二次会が終わったら思い切って聞こうと決心し、透の手伝いをしようとカウンターに向かった。その時「積極的だねー」という誰かの声が耳に入った。

「だろう？　おかげでこっちは身体がもたなくて」

そう言って笑う悟の声も聞こえた。どうやら夜の夫婦生活の話をあけすけにしているようだ。

「いやいや、羨ましい限りだよ。うちのなんかもう、手も握らせてくれないから。結婚前はうぶなところがいいって思っていたけれど、今となってはねー。もっとベッドの中で奔放《ほんぽう》な女のほうがよかったかなって思うよ。夫婦円満の秘訣《ひけつ》でもあるしね」

すべての会話を耳にしたわけではないけれど、早苗は真っ赤になる。

やだな、どうして男の人って……。もう、恥ずかしい……

積極的だなんて……

あれこれと想像してしまって早苗はますます赤くなった。直後はっとして立ち止まる。

まさか……

透さん、私があんまりそういう方面で積極的じゃないから結婚を躊躇《ちゅうちょ》している？

そんなはずない、と思ったが、卓巳から『積極的になれ』と言われた言葉が耳から離れず、早苗は妙に落ち着かなくなった。

触れると、透のそれはすでに熱く屹立《きつりつ》していた。いつもだと透に促されてやっと触るのだけれど、昼間の悟と友人の会話や卓巳に言われたのが混ざり合って、早苗を突き動かした。

「ん……、珍しいな、早苗からだなんて……」

透は早苗が手を動かしやすいように身体の位置を少しずらし、微笑んだ。

「え、だって、その……」

あまりの恥ずかしさに早苗は言葉を続けられない。そのかわりに透を握り手を上下させるけれど、なんだか透は余裕たっぷりで早苗の髪に指を絡《から》めてくる。

愛撫が生ぬるいのかもしれない。どうしたらもっと透を喜ばせられるんだろうか。もっともっと積極的にしなきゃ駄目なんだろうか。

結婚しても私がこんなじゃきっと透さんは飽きてしまう。夫婦円満になんかならないかもしれない。

昼間の男達の会話を思い出してしまい、早苗は不安になる。

そんな不安が早苗に大胆な行動を取らせた。

いきなり透の股間にうずくまるようにして、彼のモノを口に含んだのだ。

「えっ！　早苗っ？」

びくりと透の腰が跳ねる。

「何をっ！」

半《なか》ば無理矢理早苗は引き剥《は》がされてしまった。

「どうして？　どうして拒むの？」

拒まれた。そのショックに早苗は泣きたくなる。

「う、嬉しいとか、もっとしてくれとか、その……、男の人はこういうの喜ぶんじゃないの？　好きなんじゃないの？」

実際涙がこみ上げてきて、早苗は鼻をすすり上げてこらえる。

「あ、いや、その……」

透は困ったような顔つきになって早苗を抱き寄せた。

「嬉しいし、確かに好きだけど、急すぎて……。俺がしてくれって頼んだわけでもないのに……。早苗らしくない」

らしくないと言われ、早苗は透の腕の中で固まってしまった。

「だ、だって……。でも……、じゃあ透さんはどうして……、どうして……」

「なんだ？　どうした？　何があったんだ？」

早苗を気遣って透は裸の身体にタオルケットをかけてくれる。

「何って、その……。わ、私が積極的じゃないから……、なかなか結婚してくれないのかって……」

おずおず言うと透の目が見開かれた。

「なんだって？　いったい何を……、いや、誰かに何か言われたのか？」

早苗は首を振る。直接誰かに何かを言われたのとは少し違うからだ。

「俺は今すぐにでも早苗を、俺の婚約者じゃなくて、妻ですって誰かに紹介したい気分なのに」

「え？　そ、そうなの？　だったらどうして、式の日取りとか決めようって言ってくれないの？」

「早苗？」

そう言葉に出したきり、透はしばらく沈黙した。その間が怖い。早苗はどきどきと胸を高鳴らせる。

「まさかその……」

ようやく透が口を開いた。苦笑している。

「俺が式を挙げるつもりがないとでも？　むしろ俺は早苗の方が式を挙げる気がまだないのかと……。なかなか言い出してくれないから」

「な……、や、やだ、私……。馬鹿みたい」

本当に馬鹿だ。押し寄せてくる恥ずかしさに早苗は身の置き所がない。

男達の会話を真に受けてあんな行為を……

「えっと、さっきのは忘れて……」

もごもごと口の中で呟《つぶや》くと、透が笑った。

「忘れられないな。ちょっといきなり過ぎて面食らったけれど……。だからこそ忘れられない」

早苗の耳に唇を寄せて透は直接言葉を吹き込んできた。

その感触がくすぐったくて早苗は首を竦《すく》めたけれど、このくすぐったさが快感に変わるのを知っているから、その先を期待してしまう。

しかし透は早苗が期待する行為には移らず、真顔になった。

「で、誰に吹き込まれた？　積極的になんて……。そういえばこの間卓巳に偶然会ったって言ってたけど？」

「ち、違う。確かに卓巳さんから、積極的にって言われたけれど、それは多分私からいつ式を挙げるのって聞けってことだと……、あっ……」

自分で言って早苗ははじめてその事実に気付く。

「やだ。そうだよね。積極的の意味、私どうして……」

少し考えれば、透の股間に顔をうずめるのが積極的なことだなんて思わないはずだ。やっぱりこれは男達の会話を変に聞いてしまったのがいけないんだな。

早苗は反省して、透にどうしてこうなってしまったかを真っ赤になりながら説明した。

数日後……

「ふー。もう足が……。ねぇ透さん、少しどこかで休まない？」

「何言ってるんだ？　今日中にあと三ヶ所回らないと……」

朝から結婚式場やホテルに教会、神社を数ヶ所見て回って、早苗はくたくただった。

なのに透はまだまだ元気ではりきっている。

なんだか逆のような気もするんだけれどと、早苗は内心笑ってしまう。こういう時って女のほうが、あそこも見たいここも見たいってなる気がするのに、と。

「ん？　何を笑っている？」

心の中で笑ったつもりなのに、どうやら顔に出ていたようだ。

「ううん、なんでもない。行こうか。でもゆっくり歩いてね」

今の透は式場選びが嬉しくてはしゃいでいるように見える。自分より何もかも大人だと思っていた透の、新たな一面を見た気がして、早苗はなんだか嬉しい。

だから彼の腕に自分の腕を絡《から》めて歩き出す。

「わかった。ゆっくり行こう」

そう答える透の笑顔が眩《まぶ》しかった。

「うん。ゆっくりね。焦らないでね」

これから二人で歩みだす人生もゆっくり焦らず着実に……

早苗はそんな思いも込めて言い、透を見つめて微笑んだ。

＊　＊　＊

喫茶『オアシス』から大人数の楽しそうな笑い声が響いていた。入り口ドアには「本日貸切」と書かれた紙が貼られている。

二ヶ月前は美久と透の兄の悟の結婚式の二次会だったが、今日は早苗と透の結婚式の二次会だ。

卓巳は店のカウンターの中で忙しく働きながら、幸せそうに笑う二人を見つめていた。

「卓巳すまないな」

そこへ透が早苗と連れだってやって来た。

二人とも二次会に合わせて少しラフだが白い服を――新郎新婦らしい姿をしている。

その白がいやに目に眩《まぶ》しくて、卓巳は何度か目を瞬《また》かせた。

「卓巳さん本当にありがとう。お客さまなのに……」

透と早苗の二人に頭を下げられ、卓巳はさらに目を瞬かせる。

「何言ってるんですか。二人は今日の主役なんだから、こっちに入ってきたら駄目ですよ。食器さげたりするのもなしですよ。それにまさか俺まで式に呼んでもらえるなんて……。なんてーか、二人の幸せそうな姿見られただけで満足ってーか」

本当に目の前にいる二人は眩しい。幸せ全開のオーラを出してきらきらと光って見えるのだ。

だから卓巳の瞬きはとまらない。

眩しくて目に痛くて、今にも涙が溢れてきそうだ。

「ん？　何を言っている？　お前を式に呼ぶのは当たり前だろう。俺の後輩でここの元従業員……、あ、いやバイトで」

「そうですよ。それに私達のキューピッドみたいな……。卓巳さんの占いは本当によく当たります。おかげで私彼と……」

と、早苗は真っ赤になりながら透を見つめた。透も早苗の視線に気付き優しく微笑む。

そんな二人の様子を見ていた卓巳の胸にいきなり痛みが突き上げてきた。

いや、いきなりではない。以前からこの痛みはあったのだが、ずっと気付かないふりをしていたのだ。

「ああっと……。占いって言っちゃだめでしょ？　先輩は嫌いなんだから」

痛みを抑え込むようにして卓巳は声を出した。

「ほんっと、あの節はすみませんでしたー」

ついでにぺこりと頭を下げる。

「何言ってるんだ？　卓巳？」

くすくすと笑う透に卓巳はまた胸の痛みを覚える。

「もう過去の話だし、それに実際お前の占いは役に立っていたと思うよ。俺も色々言いすぎて悪かったと今では思っている。占いを嫌うあまりせっかく才能があってプロになりたいから独立するって言ったのを止めようとした」

「それ、このカフェから優秀なバイトがいなくなるのが嫌で言ったんじゃないの？　透さん？」

隣で早苗が微笑みながら混ぜっ返した。

「え、そういう理由だったんですか？　うわー。俺って占いだけじゃなく色々才能あったんだ」

早苗の意図を察した卓巳はそう返して頭をかいた。ついでに晴れの場で深刻な話をしてしまったのはよくなかったと反省する。

実際今する話ではなかった。

卓巳がプロになるからここをやめると言った時、透に反対されたが、最終的にはきちんと送り出してくれたのだから。

「それより卓巳さん、彼女は？　えっと……新しい人、できましたか？」

おずおずと聞く早苗がかわいいなと、卓巳は微笑む。

「いやー。今ずっとフリー。なんかもう女はこりごりっていうか……」

「それはお前が節操なく二股三股するからだろ？」

少しだけだが透に睨《にら》まれ、卓巳は肩を竦《すく》めた。

「まあ、そうなんだけど……」

「違います透さん。卓巳さんは優しいんです。断りきれずに結果的に二股とかの付き合いになっちゃうだけで……」

「ありがとう早苗ちゃん。そう言ってくれるの早苗ちゃんだけだよ」

「まったく……」

透は溜め息をつきながら首を振る。

「まあ、なんだ、真剣な相手ができたら連絡しろ」

「卓巳さんも、ここで二次会とか披露宴をやりましょう。ここ今も『恋カフェ』って呼ばれているし」

きらきらと瞳を輝かせる早苗。早苗を見つめ微笑む透もなんだか輝いて見え、卓巳の胸がまたつきんと痛んだ。

「お二人さーん。いつまでもここにいないの。主役達はあっちへどうぞ」

そこへ真由子が空いたビールやワインのボトルを持って現れた。

透と早苗は真由子に促され、他の客達の中に入っていく。

「卓巳くんおつかれー」

「あー。真由子さん助かります」

真由子からボトルを受け取り片付けにかかったが、真由子はカウンターの中へ入ってきた。

「ん？　ここ俺一人で大丈夫ですよ」

「うん。それは見ればわかる。っていうか、洗い物だってもうないじゃない。なのにいつまでここにいるの？　一人で飲んでるし」

真由子の視線がカウンターに置かれたワイングラスの上に移った。

「それ、卓巳くんが飲んでるんだよね？」

「そうですけど？　何か？」

「いや、一人になりたいのわからないでもないけどさ……」

その台詞《せりふ》に卓巳はぎくりと顔を強張らせた。

「好きだったんでしょ？　本気で……」

「……ですね……」

ごまかしきれないと即座に判断し卓巳はほろ苦く笑った。

「早苗ちゃんがお見合いで困ってる時、誰か男性と付き合えばいいって言って、卓巳くんが相手したのも……」

「ああ……。あれは……」

ふっと溜め息を一つ漏らしてから卓巳は口を開く。

「なんかあの二人を見ていると……。お互い惹《ひ》かれあっているのがすごくわかって……。でね、最初は微笑ましい感じだったんだけど、いつの間にか二人を見るたびにもやもやしてさ。だからつい……」

あの時はどうしてあんなにもやもやとして落ち着かない気分になったのかわからなかった。

けれど今はその理由がよくわかる。

「なるほどね。ひょっとしてここやめたのも、プロになりたかったからじゃなくて……」

「プロにはなりたかったですよ」

言いかけた真由子を遮《さえぎ》るように卓巳は口を挟んだ。

「でも……。真由子さんが想像している通りの理由もあったかも……」

「なんか……。辛いね」

卓巳の顔と客達に取り囲まれている二人を交互に見ながら真由子が呟《つぶや》いた。

「まあ……。最初から叶わない恋だったんですよ。でも今日再認識しちゃってさー。本当に好きだったんだってことと、どう足掻《あが》いたって叶わなかったってことを……」

もう一生人なんか好きになれない。なんとなく卓巳はそう思う。誰かと付き合うことがあっても長続きしないだろう。

何故なら心の中にいつでも本気で好きになった人が居座っているから。

理子と別れた理由もそれだった。

誰か他の人が好きでしょう？　と見透かされた結果別れた。

だからきっと……。これからもそうなりそうで……

「でもまあ……。ここは今『恋カフェ』って呼ばれているし、きっと卓巳くんにもいい人があらわれるよ」

ポン、と肩を叩かれた。

それは温かくて優しくて、少しだけ卓巳の心の痛みが癒《い》えた。

「だといいですけれど……」

真由子に微笑み卓巳は新しいワインを開けた。真由子にもグラスを用意し一杯ついでから、自分のグラスを軽く持ち上げた。

「とりあえず、乾杯」

そう言うと真由子もグラスを持ち上げる。

「そうね。『恋カフェ』に、新郎新婦に、そして独り身の我々に乾杯」

カチンとグラスが軽やかに触れ合う音が、客達の間で笑う透と早苗の声の伴奏になった。

乾杯。俺……

失恋記念日に……
飲んだワインがほろ苦かった。

EB エタニティ文庫

恋のゲームはログアウト不可能⁉

守って、騎士《ナイト》様！

エタニティブックス ETERNITY Rouge

エタニティ文庫・赤

三季貴夜

装丁イラスト／ナナヲ

文庫本／定価 640 円＋税

本来のがさつな性格を隠し、上品な予備校講師を演じている桃香。そんな彼女になぜかつっかかってくる、美形カリスマ講師、京介。現実にうんざりした彼女はオンラインゲームの世界にのめり込む。そして、ゲームの中のキャラクター、「ナイト」に恋をするが……

※エタニティブックスは大人の女性のための恋愛小説レーベルです。ロゴマークの色で性描写の有無を判断することができます（赤・一定以上の性描写あり、ロゼ・性描写あり、白・性描写なし）。

詳しくは公式サイトにてご確認ください。
http://www.eternity-books.com/

携帯サイトはこちらから！

EB エタニティ文庫

ふたりのツアーは、波乱万丈⁉

ETERNITY Rouge

エタニティ文庫・赤

ツアーはあなたと

三季貴夜

装丁イラスト／アオイ冬子

文庫本／定価 690 円＋税

美里はツアーコンダクターを目指す大学生。けれど、いつも面接で落とされてばかり。今日こそは、と挑んだ最終面接。緊張をほぐそうと、掌に『人』と書いて呑み込んでいるところを本社のエリート社員に見られ、大笑いされてしまう。しかも、その彼にキスまでされてしまって……⁉

※エタニティブックスは大人の女性のための恋愛小説レーベルです。ロゴマークの色で性描写の有無を判断することができます（赤・一定以上の性描写あり、ロゼ・性描写あり、白・性描写なし）。

詳しくは公式サイトにてご確認ください。
http://www.eternity-books.com/

携帯サイトはこちらから！

EB エタニティ文庫

野獣な社長に24時間愛され中!?

ETERNITY Rouge

エタニティ文庫・赤

敏腕社長はベタがお好き

嘉月葵

装丁イラスト／園見亜季

文庫本／定価 640 円＋税

ある日突然、若き敏腕社長・蓮《れん》のもとで働くことになった朱里《しゅり》。強引で俺様な彼になぜか気に入られてしまい、無理やり同居までさせられるハメに。職場でも家でも、所構わず愛情を注がれ困惑する朱里だが、気づかない内に、彼に魅かれ始めていて——!?

※エタニティブックスは大人の女性のための恋愛小説レーベルです。ロゴマークの色で性描写の有無を判断することができます（赤・一定以上の性描写あり、ロゼ・性描写あり、白・性描写なし）。

詳しくは公式サイトにてご確認ください。
http://www.eternity-books.com/

携帯サイトはこちらから！

エタニティ文庫

初めての恋はイチゴ味？

苺パニック1～3

風

装丁イラスト／上田にく

エタニティ文庫・白

文庫本／定価 640 円＋税

専門学校を卒業したものの、就職先が決まらずフリーターをしていた苺《いちご》。ある日、宝飾店のショーケースを食い入るように見つめていると、面接に来たと勘違いされ、なんと社員として勤めることに！　イケメン店長さんに振り回される苺のちぐはぐラブストーリー！

※エタニティブックスは大人の女性のための恋愛小説レーベルです。ロゴマークの色で性描写の有無を判断することができます（赤・一定以上の性描写あり、ロゼ・性描写あり、白・性描写なし）。

詳しくは公式サイトにてご確認ください。
http://www.eternity-books.com/

携帯サイトはこちらから！

漫画 *Moneko Shibuya*
渋谷百音子
原作 *Aoi Kaduki*
嘉月 葵

尊敬する加賀社長を亡くし、
気落ちしていた高城朱里《たかしろしゅり》の前に現れたのは、
大企業の若き社長・相良蓮《さがられん》。
あれよあれよという間に、蓮の会社に転職させられ、おまけに彼が住む超豪華マンションで同棲(?)することに。強引な蓮に、
初めは反発していた朱里だけど……?

B6判　定価：640円+税　ISBN 978-4-434-20384-8

漫画: 佐倉百合絵 Yurie Sakura　原作: 風 fuu

ずっと好きだったけれど、ほとんど口をきいたことがなかったあの人。
親の都合で引越しすることになったため、この恋も終わりかと思ったら……
どうして彼と結婚することになってるの!?
女子高生・沙帆子とちょっと意地悪な先生の、胸キュンラブストーリー。

●B6判 ●定価：640円+税 ●ISBN 978-4-434-20485-2

http://www.eternitybooks.com/
エタニティブックスは大人の女性のための
恋愛小説レーベルです。
Webサイトでは、新刊情報や、
ここでしか読めない書籍の番外編小説も！
〜大人のための恋愛小説レーベル〜
エタニティブックス
ETERNITY
エタニティブックス
ETERNITY
Rouge
いますぐアクセス！
エタニティブックス
検索
http://www.eternity-books.com/
Web漫画も好評連載中！
単行本・文庫本・漫画
好評発売中！
エタニティブックスの
人気小説が続々コミック化！
随時大好評連載中！

甘く淫らな　Noche ノーチェ　恋物語

初心者妻とたっぷり蜜月!?

定価:本体1200円+税

蛇王さまは休暇中

著 小桜けい　イラスト 瀧順子

薬草園を営むメリッサのもとに、隣国の蛇王さまが休暇にやってきた!　たちまち彼と恋に落ちるメリッサ。だけど魔物の彼と結ばれるためには、一週間、身体を愛撫で慣らさなければならず……!?

蛇王さまの夜の営みは、長さも濃さも想定外!　彼に溺愛されたメリッサの運命やいかに——?

伝説の王と初心者妻の、とびきり甘〜い蜜月生活!

恐怖の魔女、恋の罠にはまる!?

定価:本体1200円+税

王太子さま、魔女は乙女が条件です

著 くまだ乙夜　イラスト まりも

常に醜い仮面をつけて素顔を隠し、「恐怖の魔女」と恐れられているサフィージャ。ところが仮面を外して夜会に出たら、美貌の王太子に甘い言葉で迫られちゃった!?　純潔を守ろうとするサフィージャだけど、身体は快楽の悶えてしまい……

仕事ひとすじの宮廷魔女と金髪王太子の溺愛ラブストーリー!


詳しくは公式サイトにてご確認ください。

http://www.noche-books.com/

掲載サイトはこちらから!

本書は、2013年12月当社より単行本として刊行されたものに書き下ろしを加えて文庫化したものです。

エタニティ文庫

恋《こい》カフェ

三季貴夜《みきたかや》

2015年5月15日初版発行

文庫編集ー橋本奈美子・羽藤瞳
編集長ー塙綾子
発行者ー梶本雄介
発行所ー株式会社アルファポリス
〒150-6005 東京都渋谷区恵比寿4-20-3 恵比寿ガーデンプレイスタワー5階
TEL 03-6277-1601（営業） 03-6277-1602（編集）
URL http://www.alphapolis.co.jp/
発売元ー株式会社星雲社
〒112-0012東京都文京区大塚3-21-10
TEL 03-3947-1021
装丁イラストー上原た壱
装丁デザインーansyyqdesign
印刷ー株式会社暁印刷

価格はカバーに表示されてあります。
落丁乱丁の場合はアルファポリスまでご連絡ください。
送料は小社負担でお取り替えします。
©Takaya Miki 2015.Printed in Japan
ISBN978-4-434-20534-7 C0193